# MARVEL
# VIÚVA NEGRA

© 2022 MARVEL. All rights reserved.
*Black Widow*

Todos os direitos de tradução reservados e protegidos pela Lei 9.610 de 19/02/1998. Nenhuma parte desta publicação, sem autorização prévia por escrito da editora, poderá ser reproduzida ou transmitida sejam quais forem os meios empregados: eletrônicos, mecânicos, fotográficos, gravação ou quaisquer outros.

EXCELSIOR – BOOK ONE
TRADUÇÃO *Júlia Serrano*
PREPARAÇÃO *Tainá Fabrin*
REVISÃO *Silvia Yumi FK e Tássia Carvalho*
ARTE, ADAPTAÇÃO DE CAPA
E DIAGRAMAÇÃO *Francine C. Silva*
TIPOGRAFIA *Adobe Caslon Pro*
IMPRESSÃO *Ipsis*

Dados Internacionais de Catalogação na Publicação (CIP)
Angélica Ilacqua CRB-8/7057

| | |
|---|---|
| B365v | Behling, Steve |
| | Viúva Negra / Steve Behling; tradução de Júlia Serrano. – São Paulo: Excelsior, 2022. |
| | 128 p. |
| | ISBN 978-65-87435-79-4 |
| | Título original: *Black Widow* |
| | 1. Ficção norte-americana 2. Viúva Negra – Personagem fictício I. Título II. Serrano, Júlia |
| 22-2570 | CDD 813 |

# MARVEL
# VIÚVA NEGRA

## STEVE BEHLING

São Paulo
2022

**EXCELSIOR**
BOOK ONE

# CAPÍTULO UM

OHIO — 1995

Uma garota de cabelo azul andava com sua bicicleta por uma rua tranquila, acenando para alguns amigos que brincavam em um balanço de pneu. Era uma tarde quente e ensolarada, perfeita para um dia ao ar livre.

Depois de subir a entrada da garagem, a garota caminhou em torno da casa e assoviou.

Logo em seguida, recebeu um assovio em resposta.

No quintal, a garota de cabelo azul viu sua irmãzinha. Ela estava jogada para trás em uma ponte, suas mãos e pés plantados na terra, e olhava de ponta-cabeça para a garota de cabelo azul.

A garota de cabelo azul correu até ela e a imitou.

– A gente tá de cabeça para baixo – a irmãzinha disse, com um sorriso largo.

– Aposto que você vai cair primeiro – a garota de cabelo azul respondeu.

– Não, você que vai! – ela riu.

As duas começaram a fazer caretas e sons estranhos para tentar fazer a outra cair.

Como a garota de cabelo azul havia previsto, sua irmãzinha caiu primeiro.

As meninas começaram a correr uma atrás da outra entre os balanços do parquinho até que a irmãzinha tropeçou e caiu de joelhos no chão.

– Mamãe! – ela gritou.

E até a Mãe chegar, a garota de cabelo azul confortou a irmãzinha.

– Você bateu o joelho? – Mãe perguntou. Ela beijou o joelho da menina. – Vamos, querida. Levanta, você está bem. Você é uma mocinha corajosa, e a dor só deixa você mais forte.

Elas caminharam em direção à casa. O jantar as esperava.

As crianças ajudaram a colocar a mesa e a tirar as coisas da geladeira.

– Papai está em casa! – a Mãe anunciou.

Pai entrou na cozinha e olhou por cima dos óculos para a garota de cabelo azul. Um cordão com crachá de identificação "Instituto Norte" estava pendurado em seu pescoço.

– Oi, pai – a garota de cabelo azul disse.

– E aí, gatinha – Pai respondeu, bagunçando o cabelo dela.

Ele pegou uma bebida da geladeira antes de se juntar à família na sala de jantar, onde a comida já estava servida.

Mas ele não se sentou.

Em vez disso, foi até a janela e encarou a noite que chegava lá fora.

– Está tudo bem? – Mãe perguntou.

Pai apenas a encarou como resposta.

– Como foi o dia de vocês? – ele perguntou, por fim.

E, quando a irmãzinha começou a falar do machucado no joelho, Mãe se levantou da mesa e foi até um canto da sala, onde Pai se juntou a ela.

– Não – Mãe disse.

Pai acenou solenemente.

– Quanto tempo nós temos? – ela sussurrou.

– Eu não sei. Uma hora... talvez. – Ele acariciou a face dela com ternura.

– Eu não quero ir – Mãe admitiu.

– Não diga isso – Pai respondeu.

Então os pais se juntaram às crianças na mesa.

– Meninas – Pai disse enquanto se sentava –, lembram que eu disse a vocês que um dia a gente ia ter uma grande aventura?

A garota de cabelo azul olhou para seu pai.

– Bem, esse dia é hoje – Pai continuou.

– É! – a irmãzinha disse.

Mas a garota de cabelo azul não disse nada, apenas encarou seu prato.

– Tá legal – Pai disse, já levantando da mesa. – Vamo nessa.

Mãe olhou para a irmã mais velha do outro lado da mesa e, com sinceridade, disse:

– Me desculpe.

Então, Mãe saiu e deixou a garota de cabelo azul completamente só.

Pai agarrou apressado um rifle e uma caixa de balas de um armário. A caixa caiu no chão, e as balas se espalharam.

A menininha se abaixou e as recolheu do chão, devolvendo-as ao pai.

– Eu não estou de sapato – ela disse.

– Sem problemas, você não precisa deles – ele respondeu.

– Mas eu estou com fome – a irmãzinha choramingou.

– Ah, é? Adivinha – Pai disse. – Eu tenho Fruit Roll-Ups[1] no carro.

Então, ele saiu da casa com a irmãzinha na direção do carro na garagem.

Enquanto isso, Mãe apreendeu uma pistola de cima de um armário.

Na sala de estar, a garota de cabelo azul pegou um álbum de fotos cheio de flores e árvores na capa.

– Não – Mãe disse. – Deixe isso, deixe, deixe. Vá esperar no carro.

A menina obedeceu à mãe e se juntou à irmãzinha na garagem.

– Está com você? – Mãe disse ao se encontrar com Pai.

Ele mostrou o que parecia ser um disquete.

– Tá – ele disse.

– É a única cópia? – ela perguntou.

– A única que não tá pegando fogo – ele garantiu.

Alguns segundos depois, juntaram-se às filhas no carro e deixaram a garagem, indo na direção do crepúsculo.

---

[1] Marca estadunidense de aperitivos frutais que se popularizou nos anos 1980. (N.E.)

Enquanto o carro passava pela rua, as outras crianças da vizinhança estavam do lado de fora brincando com lanternas. As irmãs viram seus amigos aproveitando a noite amena, mas estavam impossibilitadas de se unirem a eles.

– Para onde a gente tá indo? – a irmãzinha perguntou.

Mãe apenas disse:

– Para casa.

– Mamãe, deixa de ser boba – a irmãzinha disse. – A gente acabou de sair de casa.

Mas a garota de cabelo azul sabia que Mãe não estava sendo boba.

E, quando escutaram o barulho das sirenes à frente, Pai viu os carros de polícia fechando o caminho. Ele os lançou um olhar nervoso antes de pegar outra rua.

– Toca a minha música – a irmãzinha pediu, enquanto a família deixava a cidade.

Pai não disse nada antes de colocar uma fita cassete no som do carro.

O refrão inicial de "American Pie", de Don McLean, começou a tocar, e a irmãzinha cantou junto.

Enquanto a garota de cabelo azul encarava o lado de fora, cheia de ansiedade e melancolia, Pai se juntou à cantoria da irmãzinha.

A música continuou a tocar, e o carro virou em uma estrada de terra isolada e sem nenhum poste de iluminação. Logo eles chegaram a um terreno baldio, cheio de estufas cobertas por lonas plásticas. O carro foi até uma das estufas, Mãe e o Pai saltaram depressa assim que ele parou.

Eles correram até o porta-malas, e Pai pegou o rifle.

Dentro do carro, a garota de cabelo azul pegou uma tirinha de fotos que estava presa no espelho: eram dela e da irmãzinha, tiradas em uma cabine de fotos.

— Vamos, vamos! — Mãe as apressou. — Temos que ir.

Enquanto as irmãs desciam do carro, Pai puxou a lona da entrada da estufa mais próxima, revelando um pequeno avião lá dentro.

Enquanto a irmãzinha corria para dentro da estufa para tirar os calços que impediam as rodas do avião de correr, a garota de cabelo azul ia sem pressa até a aeronave. Olhava fixamente para a tirinha de fotos.

Pai correu até ela, segurava o rifle.

— Vá com sua mãe — instruiu.

— Tô indo! — a menina de cabelo azul gritou. Então se juntou à sua irmãzinha no avião.

Mãe subiu na aeronave e certificou-se de que as meninas colocassem seus cintos, então fechou a porta.

Do lado de fora, Pai vigiava os arredores para garantir que a barra estava limpa.

Mãe ocupou o assento do piloto e deu partida no motor. A hélice frontal começou a girar, e as luzes se ligaram.

Mãe podia ver um pedaço enorme e pesado de maquinário agrícola bloqueando a saída, mas Pai já estava a caminho. Com as duas mãos e um grunhido bem alto, ele levantou a peça em uma das pontas com facilidade e a tombou para o outro lado para liberar o caminho do avião.

Mas enquanto Pai guiava o avião para fora da estufa, ele escutou sirenes se aproximando.

O avião começou a taxiar, e Pai tirou o rifle de seu ombro.

Um carro com luzes intermitentes se aproximou, e Pai atirou, acertando o veículo. O carro bateu contra alguns pneus e parou momentaneamente.

Assim que Pai se virou e correu na direção do avião, ele viu a palavra "S.H.I.E.L.D." estampada na lateral do carro. O veículo voltou a funcionar e foi direto para ele.

O avião continuou deslizando na pista improvisada, e Pai o acompanhou. Ele se virou, mirou no carro que vinha em sua direção e atirou o rifle.

O carro deu uma guinada para fora do caminho, mas continuou perseguindo-o com determinação.

Mais adiante, a aeronave começava a decolar. Pai acelerou o passo e pulou sobre a asa direita. Ele caiu de barriga, sua mão direita ainda agarrando o rifle.

O carro também ganhou velocidade e agora estava lado a lado com o avião, trocando tiros com Pai.

Balas estilhaçaram uma das janelas da aeronave antes de uma acertar o ombro de Mãe. As irmãs gritaram, e Mãe soltou o manche, o que fez o avião pender para o lado, sua asa direita erguida no ar.

Pai foi jogado contra a fuselagem.

– Eu preciso de você aqui – Mãe disse, com dor.

A garota de cabelo azul imediatamente soltou seu cinto e se juntou à mãe na dianteira do avião, no assento do copiloto.

Mãe a instruiu a puxar o manche para a direita, e a garota de cabelo azul obedeceu. À medida que o avião ia naquela direção, a asa direita caía sobre o veículo que os perseguia e estilhaçava o para-brisa do carro.

Pai estava agora cara a cara com o motorista do veículo e aproveitou a chance para dar um chute nele pelo vidro quebrado.

No avião, a irmãzinha assistia desamparada enquanto seu pai tentava escapar das pessoas que os seguiam.

Na cabine de comando, a garota de cabelo azul arfou quando viu mais dois carros com luzes intermitentes vindo em sua direção.

Com o motorista do carro debaixo da asa finalmente inconsciente, o veículo se soltou da parte de baixo do avião e se chocou com uma das estufas na lateral da pista.

Pai se deitou sobre a barriga, rifle em mãos, e mirou nos carros à frente.

Dentro do avião, Mãe disse

– Acione o acelerador ali.

A garota de cabelo azul escutou e elevou a manivela do acelerador.

E, mesmo com tiros alvejando a aeronave, ela manteve o manche estável.

Pai atirou nos carros, estourando o pneu dianteiro de um. Esse carro colidiu com o outro, e os veículos foram capotando na direção do avião.

O tempo havia se esgotado.

– Você consegue! – A voz de Mãe estava mergulhada em desespero.

A garota de cabelo azul puxou o manche para trás com toda sua força.

Apesar de uma das rodas do avião ter batido em um dos carros, a decolagem foi um sucesso.

De sua janela, a garota de cabelo azul viu Pai se erguer na fuselagem, e eles sorriram um para o outro.

Horas depois, pela manhã, o pequeno avião aterrissou em uma pista de pouso militar em Cuba.

Com o avião ainda parando, Pai desembarcou segurando Mãe em seus braços. Soldados correram até eles com uma maca, e ele colocou Mãe sobre ela da maneira mais gentil que pôde.

As duas filhas deixaram o avião e seguiram apressadas ao lado da mãe enquanto os soldados a levavam embora.

Os soldados baixaram a maca sobre o asfalto, e a irmãzinha segurou a mão de Mãe.

– Levanta, mamãe – a irmãzinha disse em meio às lágrimas. – A dor só deixa você mais forte, lembra?

Mas Mãe não a respondeu.

Pai segurava agora uma mochila de mão e se aproximou de um homem com bigodes e óculos escuros.

– O Guardião Vermelho retorna – o homem disse.

– O Guardião Vermelho retorna *triunfante*! – Pai corrigiu.

O homem o beija em cada uma das bochechas.

– Por favor, eu imploro, sem mais trabalho disfarçado – Pai suplicou. – Eu quero ação de verdade. Quero meu *traje* de volta. Eu quero voltar, já faz mais de três anos, general Dreykov.

As últimas palavras ditas por ele saíram carregadas de um evidente sotaque russo.

E, enquanto Pai implorava, a garota de cabelo azul conversava com sua mãe.

Em russo.

– Mãe, me perdoa – ela disse. – Eu tô com medo.

— Nunca deixe que eles tirem seu coração — Mãe disse em inglês. Então, um soldado afastou a filha.

— Você pegou? — general Dreykov perguntou.

Pai olhou incrédulo para o general, como se dissesse "por acaso já falhei alguma vez?".

Ele revelou o disquete e o entregou ao general Dreykov.

— E o Instituto Norte? — o general perguntou.

— Em cinzas — foi só o que Pai disse.

Enquanto uma médica colocava uma máscara de oxigênio em Mãe, a garota de cabelo azul abraçava a irmãzinha com força.

— Ela vai ficar bem — a garota de cabelo azul disse.

— Como está a Melina? — o general perguntou em seguida.

— Ela sobrevive — Pai disse. — Ela é forte.

Os soldados e a médica colocaram Melina em um veículo militar. À medida que fechavam a traseira do caminhão, deixando as meninas para trás, a irmãzinha procurou seu pai e correu na sua direção.

— Eu resolvo — Pai disse ao general.

Um dos soldados agarrou a menininha, fazendo com que a garota de cabelo azul começasse a gritar.

— Yelena! Solta ela!

A garota de cabelo azul chutou o soldado que segurava Yelena e pegou a arma guardada na lateral de seu corpo.

— Não toque nela! — a irmã mais velha ordenou. Então, em russo, acrescentou: — Eu vou atirar.

Apertando Yelena ao seu lado, a garota de cabelo azul girava em torno de si encarando os soldados.

— Querida — Pai disse ao se aproximar lentamente —, você precisa me entregar essa arma.

— Eu não quero voltar pra lá – a mais velha disse. – Eu quero ficar em Ohio. Vocês não podem levar ela.

Com uma expressão compassiva, Pai se aproximou, a mão direita estendida.

— Você não pode levar ela – a menina mais velha repetiu. – Ela só tem seis anos.

— E você era ainda mais nova – Pai disse, tomando a pistola dela.

Então, ele se ajoelhou e disse:

— Venham aqui. Vai ficar tudo bem.

Ele beijou Yelena na cabeça.

— Sabem por que vai ficar tudo bem? – Pai perguntou. – Porque minhas garotinhas... são as garotas mais fortes do mundo. Tomem conta uma da outra, tá? E tudo, tudo mesmo, vai ficar bem.

E, enquanto Pai conversava com suas "filhas", alguns dos soldados chegaram com seringas.

Então Yelena e a garota de cabelo azul adormeceram.

Pai assistiu enquanto os soldados as levaram embora.

— Aquela dali – general Dreykov disse. – Ela tem fogo dentro dela. Qual é o nome dela?

— Natasha – Pai respondeu, com ternura.

# CAPÍTULO DOIS

### 21 ANOS DEPOIS

Natasha jogou água no rosto. Olhou para seu reflexo no espelho do banheiro público antes de pegar seu celular. Na tela, ela os viu, os homens de preto, carregando armas e se aproximando de um prédio.

– Todas as saídas estão sendo vigiadas – um homem de colete à prova de balas disse ao se aproximar do Secretário de Estado Thaddeus Ross.
 – Muito bem – o secretário disse. – Fiquem alertas. Vou mandar o Esquadrão Alfa na frente.
 Ao seu comando, o grupo de elite adentrou a estação de ônibus em plena luz do dia. O esquadrão atravessou a porta usando equipamentos táticos, as armas em riste, preparado para qualquer coisa.
 – Natasha Romanoff violou o Tratado de Sokovia – Ross anunciou ao resto da sua equipe.

O Tratado de Sokovia havia entrado em vigor após uma série de eventos envolvendo os Vingadores, um time de heróis montado por Nick Fury, ex-diretor da agora extinta organização de segurança global conhecida como s.h.i.e.l.d. O Tratado fora assinado pela maioria dos Vingadores e regeria suas ações para evitar que calamidades como a explosão acidental em Lagos, que custou a vida de vários trabalhadores humanitários de Wakanda, ou o Caso Ultron, em Sokovia, que resultou na devastação de uma cidade inteira, não voltassem a acontecer.

Mas alguns dos Vingadores não assinaram o documento, nomeadamente Steve Rogers, também conhecido como Capitão América. Ele acreditava que o Tratado limitaria a capacidade dos Vingadores de reagir a ameaças quando necessário. E, mesmo tendo assinado, Natasha também tinha a mesma preocupação que Steve.

Então, quando Ross comandou que os Vingadores, especificamente Tony Stark, entregassem a ele o rebelde Steve Rogers, Natasha foi junto. E, apesar de ter lutado contra Steve e seus aliados, ela acabou deixando o Capitão América fugir.

Como resultado disso, agora ela era uma fugitiva.

— Ela atacou o rei de Wakanda — Ross continuou, referindo-se a T'Challa, cujo pai, T'Chaka, havia morrido durante uma cerimônia em honra ao Tratado de Sokovia. — Façam dela um exemplo.

Ross entrou na estação de ônibus seguindo os membros do Esquadrão Alfa. Um momento depois, seu telefone tocou.

— Não faça isso — Natasha disse do outro lado da chamada.

— Fazer o quê? — Ross perguntou inocentemente.

— Vir atrás de mim — Natasha respondeu. — Assim você só passa vergonha, parece desesperado.

— Achei que estivesse ligando para fazer um acordo — Ross disse, ignorando-a, enquanto caminhava pela estação. — Porque, do meu ponto de vista, é a fugitiva do Estado que está desesperada.

Natasha tinha colocado o celular na pia suja e pegou um moletom preto.

— Do meu ponto de vista, parece que você precisa ficar um pouco de repouso — ela retrucou. — Essa é, o quê, a sua segunda ponte de safena?

— Eu não me preocuparia comigo — Ross disse, cada vez mais consternado. — Temos Barton, temos Wilson, e aquele outro cara, o Incrível Bandido Encolhedor. Rogers está desaparecido. Você não tem mais nenhum amigo.

Ele se referia a Clint Barton, Sam Wilson e Scott Lang, respectivamente: Gavião Arqueiro, Falcão e Homem-Formiga. Eles haviam se aliado a Steve e dado a própria liberdade para que o Capitão América pudesse ajudar o Soldado Invernal a impedir um terrorista chamado Helmut de lançar o caos sobre o mundo.

— E para onde você acha que vai? — Ross provocou.

Natasha ficou em silêncio, mas apenas por um momento.

— Eu vivi muitas vidas antes de conhecer você, Ross — ela disse, enquanto assistia ao Esquadrão Alfa avançar na estação de ônibus pela tela do celular. — Não devia ter se dado ao trabalho. Pra mim chega.

Alguma coisa na forma como Natasha disse "pra mim chega" deixou os nervos de Ross ainda mais à flor da pele do que já estavam. Ela desligou.

— Romanoff! — ele berrou ao telefone enquanto o Esquadrão Alfa se aproximava da porta de um banheiro.

De repente, a porta do banheiro se abriu, e Natasha saiu.

Só que não tinha ninguém ali.

Porque ela *não* estava na estação de ônibus.

Mas o Secretário de Estado e o Esquadrão Alfa, *sim*.

Quando o Esquadrão revistou o banheiro da estação de ônibus, a única coisa que encontraram foi o traje de Viúva Negra de Natasha Romanoff.

E Natasha? Ela saiu para o deque de uma balsa na Noruega.

– O ninho está vazio, Secretário – disse o homem de colete à prova de balas ao se aproximar. – O rastreador dela, senhor.

Ross olhou para as mãos do homem e viu uma luz vermelha. Era o dispositivo de rastreamento que permitia que ele e seus homens localizassem Natasha. Mas tudo o que ele tinha feito era levá-los até um uniforme vazio.

Enquanto Ross ponderava sobre a localização verdadeira de Natasha, ela caminhava até a lateral da balsa e mirava o início da noite. Casualmente, ela colocou o celular sobre o parapeito e depois o empurrou água abaixo.

# CAPÍTULO TRÊS

## MARROCOS

O Sol se erguia no céu sobre a cidade, enquanto uma jovem de cabelos loiros, vestida toda de preto, mantinha-se segurando firme um fuzil de precisão no alto de um telhado.

– Olhos no alvo, aguardando o pacote – ela disse pelo comunicador.

Oposta a ela, pela mira de sua arma, viu uma mulher de cabelos escuros passar por uma janela.

– Tenho olhos no Colateral Um – disse outra mulher de preto. Ela estava sentada em um telhado diferente, seu fuzil apoiado em um tripé. Pela mira telescópica, ela viu um homem carregando uma maleta preta com uma luz verde na mesma janela que a mulher de cabelos escuros.

Mas, antes que pudessem abrir fogo e eliminar o alvo, a mulher de cabelos escuros olhou pela janela.

Na direção exata de uma das atiradoras em potencial.

— Fomos descobertas — a primeira atiradora disse, vendo uma nuvem cinzenta crescer na janela. — O alvo usou fumaça. Ela está a pé com o pacote. Fique alto, vou solo.

Deixando o fuzil para trás, a atiradora de cabelos loiros usou uma corda e desceu de rapel na lateral de um prédio, literalmente correndo pela parede até o chão.

Ela atravessou outro prédio e, quase como se sentisse sua presa, chutou uma porta com força.

Ao escutar uma mulher gemer, a atiradora adentrou uma rua quase deserta. E derrubada no chão estava a mulher da janela, separada da maleta preta com a luz verde.

A mulher jogada no chão se recuperou surpreendentemente rápido e correu na direção da maleta. A atiradora também, mas a mulher chegou primeiro e acertou um soco de esquerda na inimiga.

A atiradora não pareceu alarmada, puxou uma pequena faca de combate e começou a golpear seu alvo. Ela acertou a mulher na perna.

A mulher tentou fugir mancando com a maleta escura, mas a atiradora a alcançou.

Com a pouca energia que lhe restava, a mulher apertou a mão da atiradora e a fez derrubar a faca. Infelizmente, a arma caiu na outra mão da atiradora, e ela esfaqueou a mulher com a maleta preta, girando a faca dentro de sua barriga. Um último golpe e tudo estaria terminado.

Foi o que a atiradora de cabelos loiros pensou.

A mulher foi ao chão, gorgolejando sangue.

E, quando a atiradora foi até a mulher e a virou para que pudesse terminar o trabalho, foi pega de surpresa pelo jato de gás vermelho que a acertou no rosto. A mulher caída era a responsável, tinha aberto um frasco daquela substância desconhecida.

A nuvem de gás pareceu grudar na face da atiradora, mas logo em seguida se dispersou.

A atiradora se viu sacudindo a cabeça e esfregando os olhos. O sentimento era o de estar dormindo há sabe-se lá quanto tempo e só agora acordar.

Ela olhou para a faca em sua mão, depois para a mulher no chão. Derrubando a faca, a atiradora disse:

– Oksana? Minha nossa... O que foi que eu fiz?

Ela se ajoelhou ao lado da mulher para tentar ajudá-la. Mas a mulher colocou um frasco de metal na mão dela.

– Liberte as outras – Oksana arfou.

E então morreu.

Confusa, até mesmo assustada, a atiradora encarou Oksana e a maleta aberta no chão. Dentro dela estavam vários frascos de metal, idênticos ao que Oksana tinha colocado em sua mão. Ele estava vazio, Oksana já o tinha usado. O restante estava cheio de uma substância vermelha.

A atiradora jogou o frasco vazio dentro da maleta e a fechou.

– Yelena – uma voz soou pelo comunicador –, qual o status da missão?

Yelena, a atiradora de cabelos loiros, apanhou sua faca de combate e, sem hesitar, enfiou na coxa direita.

– Yelena, informe o status da missão! – a voz falou pelo comunicador, dessa vez com mais urgência.

Colocando os dedos pela ferida, Yelena tirou de dentro da perna um dispositivo de rastreamento e o jogou no chão.

Ao se levantar, levando consigo a maleta preta, Yelena olhou uma última vez para Oksana.

– Convergir para a líder de equipe – a voz no comunicador instruiu.

Mas as outras não encontrariam Yelena, não neste dia. Tudo que encontraram foi seu rastreador.

– General Dreykov – a voz disse pelo monitor –, nós temos uma desertora.

O general olhou para o alto, de trás da sua mesa, para a tela virtual que mostrava uma foto de Yelena. As palavras "Sinal Perdido" apareceram debaixo da imagem.

Na penumbra de seu escritório, o general não esboçou nenhuma emoção.

– Permissão para iniciar o Protocolo Treinador – a voz disse.

Se o general sentiu alguma coisa nesse momento, ele não mostrou.

Dentro da sala de treinamento, uma figura solitária estava parada em pé, em silêncio, assistindo, em um telão na parede, a uma filmagem do combate entre Clint Barton e T'Challa, recuperada de câmeras de segurança no aeroporto de Berlim, o local da "guerra civil" entre Tony Stark e Steve Rogers.

As portas vigiadas da sala se abriram, e uma mulher de preto entrou. A figura solitária que assistia à filmagem se sentou, e a mulher abaixou seu capuz.

Ela inseriu um dispositivo na parte de trás do capacete da figura.

## NORUEGA

Natasha saiu com uma sacola plástica de suprimentos de uma loja de conveniência debaixo de uma chuva fraca. Ela abriu a porta de um carro e largou a sacola no banco traseiro. Dirigiu para fora da cidade, até uma área rural próxima.

"Com o início do Tratado de Sokovia, a caçada aos Vingadores restantes começou", uma voz no rádio do carro falou. "Steve Rogers e Natasha Romanoff estão foragidos."

Depois de encostar o carro, Natasha ouviu o boletim de notícias enquanto tomava um gole de café de um copo descartável.

Ao longe, passando por um campo coberto por vegetação malcuidada, ela viu o trailer.

Natasha saiu do carro empunhando uma arma de fogo e se aproximou com cautela. Silenciosamente, abriu a porta da casa e entrou, buscando sinais de qualquer tipo de perigo.

Tudo estava quieto, e o lado de dentro com certeza era convidativo depois de horas e horas em fuga. Mas ela não podia descansar ainda, não sem se assegurar de que não haveria problema algum.

E então ela escutou o ronco.

Um sorriso se abriu em seu rosto, e Natasha abaixou a pistola. Ela abriu a porta e viu um homem dormindo em uma cama.

O homem se chamava Mason e já trabalhava com Natasha fazia algum tempo.

Com um sorriso aberto, ela deu uma tapa no fundo da bota de Mason, fazendo com que despertasse.

– Você tá na minha cama – ela brincou.

– Eu não tô nem debaixo da coberta – o homem disse meio grogue, ainda tentando acordar.

– Conseguiu tudo da minha lista? – Natasha perguntou.

E, enquanto se levantava e caminhava até a sala, Mason disse:

– Consegui passaportes, vistos de entrada, algumas carteiras de motorista.

Ele entregou uma pilha de papéis a Natasha.

– Misturando aqui e ali, você consegue criar umas vinte e poucas identidades – ele continuou.

Natasha conferiu os papéis e olhou incrédula para ele.

– "Fanny Longbottom", sério? – ela disse sem acreditar no que lia.

– O que foi? – Mason perguntou.

– Você tem o quê, doze anos? – Natasha disse.

– É um nome extremamente válido – ele riu – Mas, continuando, temos um gerador movido a gasolina lá fora, e o tanque séptico vai precisar de uma limpeza em algumas semanas, mas, você sabe, tenho um cara que vem aqui fazer isso. Você tem que levar o lixo até a cidade, é só vinte minutos de carro daqui. Guardei seu kit básico de ferramentas debaixo da escada.

– Bom – Natasha disse.

– Você tá bem? – o homem perguntou, notando algo estranho.

Mas Natasha não queria se abrir com ninguém.

– Por que não estaria? – disse, apenas, com um sorriso amarelo no rosto.

– Eu fiquei sabendo de um negócio – Mason disse. – Alguma coisa sobre os Vingadores terem se divorciado.

– Aaah... – Natasha disse se esquivando do assunto. – Tá tudo bem. Eu fico melhor sozinha mesmo.

– Tem certeza? – ele insistiu. – Porque você pode conversar comigo, você sabe. É assim que esse negócio de "amigos" funciona.

– Eu sei – ela disse. – Eu tenho amigos.

– Gente com amigos não liga pra mim – o homem disse.

Um silêncio desconfortável se seguiu, quebrado apenas quando Natasha disse:

– E eu não te pago para se preocupar.

Mason viu que a conversa acabou ali e se virou para sair do trailer.

Da porta da frente, Natasha o observou partir. Ela notou uma caixa cheia de cartas e pacotes.

– Ei – ela disse. – Que porcaria toda é essa?

– Ah, só umas cartas e correspondência pessoal do esconderijo de Budapeste – Mason disse.

– *Budapesht*? – Natasha repetiu, mas usando a pronúncia húngara.

– É – o homem disse. – Budapeste.

– Não, é *Budapesht* – ela corrigiu.

– Budapeste – Mason continuou dizendo errado. – Budapeste.

– *Budapesht* – Natasha sussurrou.

– Tanto faz – Mason disse, mudando de assunto. – Como eu sabia que você não ia voltar mais pra lá, eu aluguei o *flat* pra outra pessoa.

– Desculpa ter te dado trabalho – Natasha disse, observando as caixas. – Podia ter jogado fora.

– Bem, se não quiser, é só botar no lixo – Mason disse enquanto se virava para ir embora.

Algum tempo depois, Natasha saiu do trailer carregando a caixa de pacotes e cartas do esconderijo de Budapeste. Dentro dela estava uma maleta preta.

Veio a noite, e Natasha contemplava uma caixa de tinta de cabelo loiro enquanto lia as instruções. Deixando-a de lado, ela decidiu assistir a um filme de James Bond no notebook para relaxar. Era um dos de Roger Moore, *007 – Contra o Foguete da Morte*, e o jeito como ela acompanhava os atores repetindo todas as linhas do diálogo deixava claro que já tinha visto esse filme inúmeras vezes.

Uma das melhores partes estava chegando, quando as luzes e a energia do trailer pararam de funcionar.

O filme seguiu rodando com a bateria do notebook quando Natasha se levantou e saiu do trailer.

Ela puxou o cabo de partida do gerador para que voltasse a funcionar, mas ele não queria se mexer. Abrindo a estrutura, Natasha viu que uma das velas de ignição estava queimada.

Não só isso, quando pegou a lata de combustível ao lado do gerador, ela notou que estava quase vazia.

Levando consigo a lata, ela foi até o carro e começou a dirigir.

No caminho entre o trailer e a cidade, Natasha passou por um grande lago. Fileiras e mais fileiras de pinheiros enormes cobriam toda a paisagem e, por um breve momento, ela quase se esqueceu de que era uma fugitiva.

Ela chegou a uma interseção e virou à esquerda para pegar uma ponte.

Mas, ao fazer isso, do nada, seu carro foi atingido pelo lado oposto. Uma explosão ocorreu, e chamas atingiram o carro, que saiu capotando pela ponte, jogando Natasha de um lado a outro. O veículo só parou depois de colidir com a mureta, forte a ponto de quebrá-la. Ele agora estava pendurado na ponte, com Natasha ainda em seu cinto de segurança.

As rodas traseiras não tocavam a ponte, e outro veículo se aproximava lentamente por trás.

Natasha estava atordoada, mas logo se recuperou do estupor. Ela viu uma figura encapuzada sair do outro carro. Quem quer que fosse, escondia seu rosto debaixo do capuz e de uma máscara assustadora, parecida com uma caveira.

Com muito esforço, Natasha soltou seu cinto de segurança. Isso fez o carro pender para a frente, e o para-brisa se estilhaçou por completo. A lata de combustível no banco de trás despencou pela janela quebrada e caiu no lago abaixo.

A figura encapuzada estava cada vez mais perto, e Natasha começou a se desesperar. Ela finalmente conseguiu alcançar o banco de trás e pegar uma arma.

– Eu tenho certeza que Ross não tem jurisdição nenhuma aqui – Natasha gritou para a figura que se aproximava. – E você devia saber que eu atiro melhor quando eu tô com raiva.

Mirando de dentro do carro, ela disparou alguns tiros. Mas a figura encapuzada, movendo-se com velocidade sobre-humana, desviou os tiros... com um escudo.

Inabalada, Natasha estava prestes a atirar novamente quando a figura atirou o escudo na sua direção. Ela recuou na mesma hora em que o escudo acertou o carro, ficando preso na porta.

Aquele conjunto de movimentos a lembraram de ninguém menos que Steve Rogers e suas habilidades de lançamento de escudo.

Jogando-se pela janela traseira, Natasha caiu na ponte e mirou no inimigo, cada vez mais próximo. Mas não havia ninguém ali.

A figura desaparecera.

Lentamente, ela se virou olhando por cima do ombro.

Então, saltando de um dos lados do carro, a figura encapuzada rodopiou pelo ar, acima de Natasha. Ela atirou, mas a figura bloqueou os tiros com o escudo.

Natasha manteve a arma apontada para seu inimigo, mas a figura chutou a pistola de sua mão.

Passando ao combate corpo a corpo, Natasha circundou a figura encapuzada na tentativa de envolver sua cabeça e cortar seu suprimento de oxigênio. Mas, para sua surpresa, a figura executou exatamente a mesma manobra, envolvendo as pernas em torno dela!

Os dois inimigos se encararam por um momento, e Natasha podia jurar que... de alguma forma, a figura a estava analisando. O jeito que aquela pessoa copiava seus movimentos, e como usava uma arma, igualzinho ao Capitão América...

Com o que ela estava lidando?

Após a breve interrupção, Natasha se pôs novamente de pé.

A figura encapuzada fez o mesmo.

Natasha se agachou, uma mão tocando o asfalto.

E a figura encapuzada copiou o movimento.

Era como olhar para um espelho.

Pelo que pareceu uma eternidade, Natasha mirou fixamente o visor vermelho da figura, e viu sua própria face refletida nele.

Então, a figura encapuzada virou-se, olhou para o carro destroçado de Natasha, pendurado na lateral da ponte.

Sem uma palavra sequer, a figura se levantou, indo para longe de Natasha, na direção do veículo.

– Você não está atrás de mim – Natasha sussurrou.

Ela empunhou a faca de combate que mantinha escondida e correu atrás da figura encapuzada.

Apesar de todo seu esforço, ela não conseguiu nem tocar na figura. Cada movimento seu a figura oponente contra-atacava, e evitava cada corte e investida da lâmina.

Um impasse persistia até a figura encapuzada acertar Natasha. Ela foi jogada para trás com uma força incrível e aterrissou no asfalto.

A figura encapuzada se voltou para a mala do carro enquanto Natasha se esforçava para ficar de pé.

Antes que conseguisse, foi chutada de volta ao chão por sua nêmesis.

Isso deu a Natasha o tempo de que ela precisava para alcançar seu arpéu. Ela atirou o gancho na direção da figura, e a corda fina se enrolou às suas pernas, aparentemente sem ser percebida. Então, Natasha atirou a outra ponta a uma viga da ponte.

Um segundo depois, seu oponente foi içado por uma perna, lá para o alto.

Natasha sabia que tinha conseguido apenas alguns segundos. Enquanto corria até o carro, podia ouvir a figura encapuzada desembainhar algum tipo de arma e cortar a corda.

No chão, junto à traseira do carro pendurado, Natasha viu uma maleta preta. Ela a pegou assim que a figura encapuzada caiu na sua direção, quase a atingindo com uma espada.

Natasha também tinha conseguido agarrar o escudo da figura e o usou para bloquear vários golpes da lâmina.

Mas seu oponente era tão assustadoramente hábil que conseguiu puxar a maleta preta de Natasha e chutá-la para fora da ponte.

Ela aterrissou na água congelante com um grande *tchibum*.

A figura encapuzada guardou a espada em sua mochila e abriu a maleta preta.

Mas não tinha tesouro nenhum lá dentro.

Os frascos haviam desaparecido.

E, quando a figura olhou pelo lado da ponte, ela não viu nenhum sinal de Natasha na escuridão da água abaixo.

A corrente havia carregado Natasha. E, quando teve certeza de que estava distante o suficiente de seu oponente misterioso, Natasha saiu da água gélida. Ela subiu em uma margem coberta de grama e desabou sobre uma rocha grande e lisa.

Em suas mãos, segurava um conjunto de frascos contendo uma substância vermelha brilhante.

E, entre os frascos, estavam duas fotos de uma tirinha fotográfica.

A garota de cabelo azul e sua irmãzinha.

# CAPÍTULO QUATRO

## BUDAPESTE

Assim que o trem parou na estação, Natasha desembarcou com os demais passageiros. Durante toda a viagem, sua mente estava em um turbilhão de pensamentos sobre as fotos, os frascos e a figura encapuzada que a atacou na Noruega.

Ela olhava nervosa de um lado para o outro, enquanto deixava a estação, e depois continuou a pé pela cidade, misturando-se à multidão.

Por fim chegou a um prédio, o esconderijo do qual Mason tinha falado.

Natasha passou pelo hall de entrada e chegou a um pátio descoberto. Um pombo passou voando, e Natasha viu uma senhora estendendo a roupa em uma varanda mais acima. Ela se perguntou se aquela mulher seria amiga ou inimiga. Na linha de trabalho que tinha, Natasha tinha sido condicionada a pensar desse jeito.

Pegando o elevador, ela chegou ao destino e desembarcou. Ela se ajoelhou e abriu um duto de lavanderia antigo no corredor e pôs a mão dentro. Tateando, encontrou o que queria: uma pistola escondida. Ela a colocou nas costas, presa no cós da calça.

Então, foi até uma porta e começou a tentar arrombar a fechadura.

Um segundo depois, escutou uma voz familiar falar do outro lado da porta.

– Eu sei que você está aí fora.

Natasha já tinha terminado de destrancar a porta.

– Eu sei que você sabe – ela disse, pegando a pistola.

Depois de abrir a porta, Natasha entrou no apartamento mal iluminado. Ela viu uma bicicleta à sua direita, debaixo de uma luz de parede. A porta bateu atrás dela enquanto vasculhava o cômodo.

– Então por que você tá se esgueirando como se estivesse num campo minado? – a voz disse.

– Porque não sei se posso confiar em você – Natasha respondeu.

Caminhando pelo apartamento, ela viu um armário cheio de armas de fogo, organizadas em um painel de ferramentas. Pistolas, rifles, armas automáticas, semiautomáticas...

– Que engraçado, eu ia dizer a mesma coisa.

Natasha passou por um pequeno corredor. Havia uma janela no final dele, com apenas uma fresta aberta. Uma brisa esvoaçou as cortinas.

– Então, vamos conversar como adultas? – Natasha perguntou.

Ela atravessou uma porta aberta e, em uma sala de visitas, estava Yelena, segurando uma arma.

Tanto ela quando Natasha miravam uma na outra.

– É isso que a gente é? – Yelena perguntou.

Sem responder, Natasha entrou na sala. Para cada passo que ela deu para frente, Yelena deu um para trás, mantendo a distância entre elas.

– Abaixa a arma – Yelena disse ao recuar para a cozinha. – Antes que abaixe por você.

– Abaixa você – Natasha disse. – E olha onde pisa.

Andando de costas, Yelena se permitiu uma risadinha.

Por fim, as duas mulheres pararam, suas armas a apenas centímetros uma da outra, e se encararam.

E então Natasha arrancou a pistola da mão de Yelena... ao mesmo tempo em que Yelena arrancou a dela.

Elas giraram e mais uma vez se encararam.

Ainda mais uma vez, elas se desarmaram, e Yelena aproveitou a oportunidade para segurar Natasha e bater seu rosto contra um portal. Depois a empurrou de costas no outro lado.

Natasha se recuperou imediatamente, dominando Yelena e a jogando contra os armários da cozinha.

– Fica quieta – Natasha disse enquanto empurrava Yelena sobre o balcão. – Fica quieta!

Mas Yelena não aceitaria aquilo. Suas mãos tatearam em busca de uma arma, qualquer arma, e encontraram um prato que ela prontamente espatifou na cabeça de Natasha.

Saltando do balcão, Yelena tentou cortar Natasha com parte do prato quebrado. Natasha segurou seu braço, imobilizando-a. Então Yelena foi para a frente, apoiou o pé no balcão da cozinha e tomou um impulso, jogando Natasha do outro lado da cozinha.

Ambas se levantaram do chão, sem jamais perder contato visual.

Yelena se virou por um breve instante, apenas para pegar uma faca de açougueiro do balcão.

Ela avançou sobre Natasha, que recuou para a sala de visitas. Natasha viu de relance uma chave inglesa em cima de uma mesa. Quando Yelena desferiu um golpe nela, Natasha retaliou com a chave inglesa.

Elas desferiram golpes uma na outra antes de cruzarem os braços uns nos outros.

Yelena jogou Natasha no chão, depois avançou na Vingadora com a faca.

Natasha bloqueou o ataque com a chave inglesa, e as duas mulheres se agarraram.

Elas se desvencilharam, e Yelena forçou Natasha contra a parede.

Natasha viu uma cortina sobre a janela, puxou o pano e depois enrolou no pescoço de Yelena.

No meio da disputa, Yelena conseguiu enrolar a cortina no pescoço de Natasha também. As duas tentaram se estrangular enquanto se jogavam de um lado a outro na sala.

Com as faces vermelhas, a passagem de oxigênio comprometida, nenhuma das mulheres desistia.

Então, finalmente, Natasha disse, em russo:

– Trégua – ela soltou o lado dela da cortina.

E Yelena fez o mesmo.

Elas respiravam ofegantes enquanto se libertavam do tecido.

– Você cresceu – Natasha disse, em russo.

Yelena a fitou.

– Você tinha que vir justo pra Budapeste, né? – Natasha perguntou enquanto Yelena abria a geladeira.

– Eu vim porque achei que você não vinha – Yelena disse, tirando um copo e uma garrafa. – Mas já que está aqui... Que tipo de bala faz aquilo?

Servindo uma bebida para si, Yelena apontou uma série de buracos estranhos na parede atrás de Natasha

– Não são balas – Natasha corrigiu. – São flechas.

– Ah – Yelena disse e tomou um gole. – Certo.

– Se você não achava que eu vinha aqui – Natasha disse ao colocar os frascos contendo a substância vermelha na mesa –, por que me mandou isso?

Ela também colocou a tirinha de fotos dela e Yelena dos seus dias juntas na infância.

– Você trouxe de volta? – Yelena disse, parecendo surpresa e irritada.

Deixando a cozinha, Yelena apanhou a tirinha de fotos.

– Não tô aqui pra tentar virar sua amiga, mas eu preciso que me diga o que é aquilo – Natasha insistiu.

– É um gás sintético – Yelena explicou. – O antídoto pra subjugação química. O gás imuniza as vias neurais do cérebro contra manipulação externa.

Yelena foi até outro cômodo, abriu um armário e pegou uma mochila.

– Da próxima vez fala em inglês, talvez? – Natasha cutucou.

– Ele protege contra controle mental – Yelena respondeu, mas não em inglês, em russo.

– Muito madura – Natasha retrucou, em russo.

— Por que você não leva pra um dos seus amigos super-cientistas? — Yelena sugere sarcasticamente. — Eles podem te explicar. Tony Stark, talvez?

— A gente não está se falando no momento, então... — Natasha disse.

— Que ótimo — Yelena disse, enfiando roupas na mochila. — O *timing* é perfeito. Onde estão os Vingadores quando se precisa de um?

Natasha não gostou das palavras nem do tom em que foram ditas.

— Eu não quero estar aqui — falou friamente. — Eu tô fugindo, eu podia ter morrido por sua causa.

— E o que mais eu podia fazer? — Yelena disse. — Você é a única pessoa super-heroína que eu conheço. Foi por isso que mandei pra você.

Natasha não disse nada enquanto pegava roupas em uma arara.

— Eu sempre acompanho as notícias, esperando ver o Capitão América acabando com a Sala Vermelha — Yelena continuou.

— O quê? — Natasha perguntou, surpresa. — Acabando com a Sala Vermelha? Do que você tá falando? Ela já acabou faz tempo. O Dreykov tá morto. Eu matei ele.

Natasha seguiu Yelena ao pequeno arsenal.

— E você acredita mesmo nisso? — Yelena perguntou.

Quando a única resposta de Natasha foi um olhar confuso, Yelena se virou e disse:

— Você acredita.

— O Dreykov está morto — Natasha insistiu. — Uma cidade inteira quase foi destruída só pra acabar com ele.

— Se tem tanta certeza, então me diz o que aconteceu — Yelena respondeu. — Me diz exatamente o que aconteceu.

— Nós plantamos bombas — Natasha explicou.

– Quem é "nós"?

– Clint Barton. Matar o Dreykov foi a última etapa da minha entrada na s.h.i.e.l.d. – Natasha disse.

Yelena encarou a "irmã" e deu de ombros.

– Simples assim.

– É, claro. Simples – Natasha disse se afastando. – É assim que eu chamo implodir um prédio de cinco andares e trocar tiros com as Forças Especiais da Hungria. Ficamos dez dias escondidos antes de conseguir sair de Budapeste.

– E você checou o corpo? – Yelena sondou. – Confirmou que estava morto?

– Não tinha mais corpo para checar – Natasha respondeu antes de se afastar.

– Você tá se esquecendo da filha do Dreykov – Yelena disse.

Natasha parou de andar.

Antes que pudesse perguntar a Yelena o que ela quis dizer, as duas escutaram um som vindo de cima, pareciam passos no apartamento superior.

Então um buraco explodiu no teto, e Yelena pegou um molho de chaves e os frascos da mesa da cozinha.

Pouco depois, a porta do apartamento foi chutada, e mulheres de preto entraram carregando armas com mira laser.

Yelena enfiou os frascos com a substância vermelha na mochila.

Mais duas mulheres de preto desceram por cordas pelo buraco no teto.

Yelena foi a primeira a se mexer, correndo pelo corredor do apartamento, que agora estava cheio de fumaça. As mulheres de preto abriram fogo, mas erraram.

Depois de dar de cara com Natasha, Yelena apertou um interruptor que acionou explosivos escondidos nas paredes.

Aproveitando a confusão, Natasha e Yelena correram para fora do apartamento, derrubando suas agressoras.

As duas olharam por uma janela no corredor e viram mais duas mulheres de preto no térreo. Elas apontaram os rifles na direção de Natasha e Yelena e atiraram.

Então mais mulheres de preto subiram as escadas.

Yelena puxou o pino de uma granada e a jogou escada abaixo, depois correu.

Natasha também fugiu.

– Pra onde estamos indo? – Natasha gritou.

– Pra minha moto – Yelena disse. – Lado leste do prédio!

Os tiros continuaram quando Natasha e Yelena se abaixaram para passar por uma janela aberta e chegar a um telhado. Elas escorregaram por um dos lados e foram imediatamente seguidas por uma das mulheres de preto.

Sem ter para onde correr, Yelena viu um imenso cano preso ao telhado. Ela correu até ele, soltou o pino de trava e se segurou ao cano. Natasha ocupou o outro lado, e elas o balançaram para a frente e para trás, como se tentassem fazê-lo descer.

Enquanto o cano se afastava do telhado, a mulher de preto saltou e se chocou na lateral. Ela escorregou, e Natasha instintivamente estendeu a mão para socorrê-la.

– Peguei você! – Natasha gritou, mal conseguia manter-se segurando a mulher.

Mas, em vez de lutar pela própria vida, a mulher de preto escolheu lutar com Natasha. Ela puxou uma faca de combate e desferiu um golpe em quem poderia ser sua salvadora. O corte na mão de Natasha a fez soltar sem querer a mão da mulher de preto, e ela assistiu à mulher despencar sem poder fazer nada.

O cano continuou sua descida angular e terminou batendo na parede de um prédio. O impacto lançou Yelena por uma janela, e o vidro se estilhaçou. Natasha caiu, batendo em um duto de ar atrás do outro. A dor era incrível, mas, ainda assim, eles ampararam a queda e lhe permitiram cair de pé lá embaixo.

Segurando sua barriga, ela olhou para a mulher de preto caída no chão perto dela.

– Não se mexa – Natasha disse ao se aproximar da mulher, que ainda estava consciente. – Você tá ferida. Me deixa te ajudar.

Com a aproximação de Natasha, a mulher no chão lançou um olhar ameaçador e levantou a mão esquerda. A luva com a mordida da viúva começou a brilhar vermelho enquanto ganhava carga. A mulher mirou em Natasha.

Mas, então, uma coisa estranha aconteceu.

– Eu não quero fazer isso – a mulher disse e começou a chorar.

Ela começou a afastar a mão de Natasha e movê-la na direção da própria cabeça.

– O que você tá fazendo? – Natasha disse espantada.

– Ele tá me obrigando – a mulher disse. Ela pressionou a mão contra a cabeça, liberando a fúria total da mordida da viúva.

A morte foi instantânea.

Natasha estava em choque e ajoelhada sobre o corpo quando Yelena apareceu em uma esquina, segurando os frascos na mão.

– Você acredita em mim agora? – Yelena sussurrou.

– Quantas? – Natasha perguntou ofegante.

– O suficiente – Yelena disse ao passar correndo por uma porta.

Natasha a seguiu.

As sirenes da polícia soavam ao longe quando Yelena e Natasha saíram na rua por outra porta. Elas correram bastante antes de finalmente chegar à moto de Yelena.

– Cadê as minhas chaves? – ela perguntou.

Em resposta, Natasha jogou as chaves no ar e as pegou de volta.

E então veio o som de uma batida terrível, seguido de um carro capotado que passou derrapando por elas na rua.

– Vamos logo! – Natasha gritou, sinalizando para que Yelena subisse na moto.

Um veículo altamente blindado virou a esquina, avançando sobre elas.

Natasha acelerou a moto e partiu por uma rua estreita.

O veículo as seguiu. Batia em cones de trânsito, postes e paletes de madeira empilhados pelo caminho.

Ao se aproximarem de uma interseção, uma van azul quase as cortou. Natasha aproveitou para fazer uma volta brusca por uma viela, indo parar em uma rua paralela.

Por ora, ela havia despistado o veículo blindado, mas a vitória foi curta. Um instante depois, uma mulher de preto estava atrás dela em uma moto. Elas correram pelo meio dos carros até Natasha conduzir a moto por um lance de escadas e através de trilhos, justamente quando um bonde estava chegando.

Tiros de metralhadora vindos do outro veículo acertaram a roda traseira da moto de Natasha, fazendo-a derrapar até bater em uma mureta. Tanto Natasha quanto Yelena foram atiradas para o outro lado, caindo sobre o capô de um carro antes de rolarem e caírem no chão da rua.

O motorista do carro saiu para ver se as mulheres estavam bem, e Yelena apontou uma arma para o homem, pedindo que se afastasse do veículo.

– Você não pode roubar o carro do cara assim – Natasha disse enquanto Yelena se sentava no banco de passageiro.

– Quer que eu vá atrás dele e "desroube"? – Yelena perguntou, incrédula.

Natasha aceitou o argumento e entrou no carro.

– Vamos logo, por favor – Yelena disse enquanto Natasha tentava tirar o veículo do meio dos outros carros parados.

– Cala a boca! – Natasha gritou. Uma chuva de tiros de metralhadora desceu sobre o carro e destruiu uma das janelas.

Natasha passou a marcha e saiu correndo assim que a mulher de moto saltou um lance de escadas e retomou a perseguição.

E, por mais que tentasse, Natasha não conseguia despistar sua caçadora. A moto costurava pelo meio dos veículos, sem nunca ficar muito para trás.

Yelena olhou por cima do seu banco quando a mulher atirou mais uma vez no carro, estilhaçando a janela.

– E aí, você tem um plano ou é só pra eu ficar abaixada aqui? – Yelena perguntou.

– Meu plano é tirar a gente daqui – Natasha respondeu, agressiva.

Yelena não achava que era um bom plano. Ela estendeu a mão e agarrou o volante, dando uma puxada brusca para a esquerda. O carro girou 180 graus até ficar de frente para a mulher na moto.

Natasha começou a dirigir de ré.

Yelena abriu a porta assim que elas passaram por um poste. Quase que imediatamente, a porta foi arrancada e saiu voando na direção da mulher na moto. Elas colidiram, e a mulher saiu voando.

Natasha pisou no freio, virou o carro e seguiu adiante na direção oposta.

– De nada – Yelena disse.

No tempo que elas levaram para recuperar o fôlego, o veículo blindado tinha voltado. Estava logo atrás delas, atropelando os carros no caminho, cada vez mais perto.

– Ele voltou – Yelena disse, olhando sobre o ombro.

E então a mesma figura com máscara de caveira, que quase tinha matado Natasha na outra noite na Noruega, saiu pela parte de cima do veículo blindado. Estava com um arco e flecha e mirou no carro de Natasha e Yelena.

– Coloque o cinto de segurança – Natasha mandou.

– Certo, mãe – Yelena resmungou.

O agressor com máscara de caveira liberou a flecha, que voou pela rua até debaixo do carro de Natasha e Yelena.

E a ponta da flecha explodiu.

A força foi tanta que levantou o carro no ar, virando-o de cabeça para baixo. Aterrissou em cima do veículo blindado e depois foi jogado em carros próximos.

Ele derrapou pela rua e caiu por uma escada que levava ao metrô. O veículo chegou à base da escada e arrastou-se para baixo ruidosamente pelo chão de concreto até uma área lotada de lojinhas e pessoas.

O carro enfim parou. Natasha e Yelena soltaram os cintos de segurança e rastejaram para fora.

– Natasha, não – Yelena disse. – Eu tô sangrando.

Yelena tentou enrolar um pano no braço ensanguentado, mas Natasha a impediu.

– Não – ela disse. – Agora não, confia em mim.

Então Natasha segurou Yelena e elas correram pela multidão.

O agressor com máscara de caveira tinha entrado na estação de metrô.

Natasha e Yelena se dirigiram às escadas rolantes e deslizaram pela divisória entre elas até o andar mais baixo da estação.

No topo das escadas, o agressor arremessou seu escudo. Natasha e Yelena já tinham chegado ao final e se agacharam bem perto do chão. O escudo passou rente às suas cabeças antes de se alojar em uma coluna de metal.

Mais uma vez de pé, Natasha e Yelena correram pela plataforma em meio aos trens que iam e vinham.

Quando o agressor com máscara de caveira terminou de descer a escada rolante, não conseguia mais ver nenhuma das mulheres. Notou, entretanto, o rastro de sangue pingado no chão.

O sangue de Yelena.

A figura misteriosa seguiu o rastro de sangue pela plataforma, que levava até um alçapão de acesso à rede elétrica. Arrancando a tampa, a figura pulou no alçapão para continuar a perseguição.

Infelizmente para a figura, Natasha e Yelena não estavam ali. Elas nunca estiveram.

Estavam em um duto de ar acima dos trilhos, observando seu perseguidor seguir a pista falsa.

Enfim, Yelena pôde enfaixar seu ferimento e parar o sangramento.

– Você tá bem? – Natasha perguntou.

– Tô. Foi um ótimo plano – Yelena respondeu enquanto se sentava. – Eu amei a parte em que eu quase morri de tanto sangrar.

Ela analisou seus arredores, um duto de ar apertado com um teto baixo e uma turbina de ar funcionando logo atrás delas.

– Confortável – Yelena disse.

– Barton e eu passamos dois dias escondidos aqui – Natasha disse enquanto investigava o lugar.

– Deve ter sido bem divertido – Yelena disse. Olhando em volta, ela notou várias partidas de jogo da velha riscadas nas laterais metálicas do duto. Tinha até uma partida inacabada de forca, tudo evidência dos dois dias que Natasha e Barton ficaram escondidos.

– Quem diabos era aquele cara? – Natasha se perguntou, pensando na figura da máscara de caveira.

– O projeto especial do Dreykov – Yelena disse. – Ele consegue imitar qualquer um que já tenha visto. É como lutar com um espelho. O Dreykov só usa ele em missões de alta prioridade.

– Isso não faz sentido nenhum – Natasha disse.

– Bem, a verdade raramente faz sentido quando se omite detalhes importantes – Yelena disse.

Natasha olhou para Yelena com raiva.

– E isso quer dizer o quê?

– Você não disse nada sobre a filha do Dreykov – Yelena falou. – Você matou ela.

– Eu tive que fazer isso – Natasha admitiu. – Eu precisava que ela me levasse até ele.

Natasha tinha memórias vívidas do ocorrido. Ela lembrou-se de como foi ficar sentada no carro esperando, até escutar uma voz falar pelo comunicador.

– Precisamos de confirmação de que o Dreykov está no prédio.

Natasha tinha visto o sedan preto parar diante de um prédio do outro lado da rua. Um homem abriu a porta de trás e uma garotinha com uma mochila vermelha desceu do carro pelo lado da calçada. A menina tinha subido as escadas e entrado no prédio.

Um bom tempo se passou, e Natasha viu a garotinha passar por uma janela, alguns andares acima do nível da rua.

E quando a voz no comunicador perguntou "Natasha, tudo certo?". Ela respondeu "Tudo certo".

Então veio a explosão.

A garotinha foi... dano colateral.

– E aí está você, sem muita certeza disso.

A voz pertencia a Yelena e trouxe Natasha de volta ao presente.

– Eu precisava de uma saída – Natasha disse, como se tentasse se convencer daquilo.

# CAPÍTULO CINCO

Nem Natasha nem Yelena estavam certas de quanto tempo havia se passado até quando emergiram no crepúsculo da periferia de Budapeste.

Ao entrar mancando em uma loja de conveniência de um posto, Natasha perguntou a Yelena:

– A Sala Vermelha ainda está ativa, onde ela fica?

– Não faço ideia – Yelena disse. – A base se muda constantemente, e todas as Viúvas são sedadas antes de entrar e de sair para maior segurança.

A Sala Vermelha. Viúvas.

Natasha pensava que tinha deixado tudo isso para trás.

Não só deixado para trás, pensava que tinha destruído isso.

O programa no qual ela e sua "irmã" foram criadas, onde foram treinadas desde crianças a usar força letal para alcançar os objetivos de uma organização sombria conhecida como Sala Vermelha, segue firme e forte.

Assim como Dreykov, aparentemente.

– Não consigo acreditar que ele conseguiu ficar fora do meu radar por tanto tempo – Natasha disse, balançando a cabeça descontente.

– Bem, não é muito inteligente atacar uma Vingadora – Yelena argumentou. – Se o objetivo é ficar escondido. Assim, o nome já diz tudo. Se o Dreykov te mata, um dos grandões vai e se vinga por você.

– Como assim, que grandões? – Natasha perguntou.

– Bem, eu duvido muito que o deus vindo do espaço tenha que tomar ibuprofeno depois de uma luta – Yelena disse. Ela ficou quieta por um momento, depois falou: – Onde você pensou que eu tava esse tempo todo?

– Pensei que você tinha saído e vivia uma vida normal – Natasha disse.

– E você simplesmente não tentou falar comigo?

– Sinceramente, eu pensei que você não queria me ver – Natasha respondeu, sua voz miúda.

Mas Yelena não acreditou. Ela riu.

– Você só não queria sua irmãzinha colada em você enquanto andava por aí salvando o mundo com a turma legal.

– Você não era minha irmã de verdade – Natasha disse.

As palavras visivelmente machucaram, porque Yelena respondeu:

– E os Vingadores não são sua família de verdade.

Elas colocaram alguns itens retirados das prateleiras da loja sobre o balcão de pagamento.

– Por que você sempre faz aquela coisa? – Yelena perguntou.

– Que coisa?

– Aquele negócio que você faz quando tá lutando – Yelena explicou. Ela se agachou com as pernas afastadas e a mão esquerda tocando o chão. Ela levantou o braço direito atrás do corpo, depois levantou a cabeça, jogando o cabelo para trás. – Isso que você faz quando joga o cabelo no meio da luta. É uma pose de luta, você fica fazendo pose.

– Não fico nada – Natasha protestou.

Yelena riu.

– Quer dizer, são ótimas poses, mas parece que você acha que tá todo mundo olhando pra você. Tipo, o tempo todo.

– Sabe esse tempo todo em que eu fiquei posando? – Natasha disse. – Eu tava tentando fazer algo de bom, para compensar toda dor e sofrimento que nós causamos. Tava tentando ser mais do que só uma assassina treinada.

– Bem, então você tava mentindo pra si mesma – Yelena disse, seca. – Porque tem dor e sofrimento todo dia. E nós ainda somos assassinas treinadas. Só que eu não sou a que tá na capa de uma revista. Eu não sou a assassina que as menininhas chamam de heroína.

A noite caiu, e Natasha e Yelena ainda estavam no posto. Estavam sentadas do lado de fora, tinham acabado de terminar uma refeição leve.

Yelena limpava a ferida no braço quando Natasha chegou com bebidas para as duas.

– Aquele gás ali – Yelena disse, apontando com a cabeça os frascos vermelhos em sua mochila. – O antídoto, ele foi sintetizado em segredo por uma Viúva mais velha, da geração da Melina. Eu tava em uma missão para recuperá-lo, aí ela me expôs a ele, e... eu matei a Viúva que me libertou.

– Você teve escolha? – Natasha perguntou, solidária.

– O que você experimentou foi condicionamento psicológico – Yelena explicou. – Eu tô falando de alteração química das funções do cérebro. São duas coisas completamente diferentes. Você tem plena consciência do que faz, mas não sabe que partes daquilo são você. Eu mesma ainda não tenho certeza.

Natasha não sabia o que dizer. Ela nunca tinha parado para pensar no que Yelena tinha sofrido na Sala Vermelha. Nem em todas aquelas outras mulheres e meninas, mesmo que ela mesma tivesse passado por aquele treinamento horrendo.

Ela se aproximou de Yelena e começou a cuidar do ferimento no braço dela.

– Isso é tudo que resta? – Natasha disse, referindo-se ao antídoto.

– Uhum – Yelena confirmou. – É a única coisa que pode parar o Dreykov e sua rede de Viúvas. Ele pega mais todos os dias. Crianças que não têm ninguém para cuidar delas, como nós quando éramos menores. Com sorte, uma em vinte sobrevive ao treinamento e se torna uma Viúva. O resto ele mata.

Natasha escutava enquanto limpava a ferida.

– Pra ele somos apenas coisas. Armas sem rostos que ele pode só jogar fora – Yelena continuou. – Porque tem sempre outras. E ninguém sequer está procurando por ele, graças a você e ao Alexei.

– Alexei... – Natasha murmurou.

– Papai – Yelena afirmou.

Natasha tinha terminado de limpar a ferida e fez um curativo com gaze no braço de Yelena.

– Você já procurou pelos seus pais? – Yelena perguntou enquanto elas observavam algumas crianças brincando do outro lado da rua. – Os de verdade.

– Minha mãe me abandonou na rua como se eu fosse lixo – Natasha disse em um meio sorriso. – E você?

– Ele destruiu minha certidão de nascimento – Yelena disse. – Então eu inventei uma nova. Meus pais ainda vivem em Ohio, minha irmã se mudou para o oeste.

– Ah, é? – Natasha disse, entretida.

– Você é uma professora de ciências – Yelena disse, sorrindo. – Mas você só trabalha meio período. Principalmente depois de ter seu filho. Seu marido renova casas.

– Essa não é a minha história – Natasha respondeu.

– E qual é sua história? – Yelena perguntou.

– Eu nunca... me permiti ficar sozinha o suficiente pra pensar sobre isso – Natasha disse, as palavras surgindo lentamente.

– Você já pensou em ter filhos? – Yelena começou a pensar em voz alta enquanto punha a mão na mochila. Ela pegou um colete e o vestiu. – Eu quero um cachorro.

Natasha riu silenciosamente.

– Pra onde você vai agora?

– Eu não sei – Yelena disse. – Eu não tenho pra onde voltar, então acho que pra qualquer lugar.

Nenhuma das duas disse nada por um tempo, até Natasha se inclinar na direção da outra.

– Irmãzinha.

– Não – Yelena disse.

– Não o quê? – Natasha perguntou.

– Você vai me dar um sermão de super-heroína, eu tô sentindo – Yelena alfinetou.

– Não sou muito de sermões e discursos – Natasha disse. – Era mais um convite.

– Ir até a Sala Vermelha e matar o Dreykov?

— É — Natasha disse, com um sorriso.

— Mesmo que a Sala Vermelha seja impossível de achar, e o Dreykov, escorregadio demais para matar?

— É — Natasha repetiu.

Yelena pensou que parecia trabalho demais.

— Mas pode ser divertido — Natasha acrescentou, sorrindo.

— É — Yelena disse.

— Você sabia que essa é a primeira peça de roupa que eu comprei pra mim?

Natasha deu uma olhada rápida em Yelena sentada no carro de passageiro de mais um carro que a dupla tinha obtido. Era noite, e Natasha estava dirigindo.

— Essa daí? — Natasha perguntou olhando para o colete verde. — Isso é tipo... de um brechó do exército?

Yelena suspirou.

— Ok, eu sei que tem um monte de bolsos, mas eu os uso o tempo todo e até fiz umas adaptações eu mesma.

— Ah, é? — Natasha disse, rindo.

— Cala a boca! Meu ponto é que eu nunca tive controle sobre minha vida antes e agora eu tenho — Yelena disse, defendendo sua aquisição. — Eu quero fazer coisas.

— Eu gosto do seu colete — Natasha finalmente admitiu.

— Eu sabia! Sabia que tinha gostado — Yelena disse com entusiasmo. — É tão legal, né? E dá pra guardar tanta coisa nele, você nem imagina.

Depois de um momento de silêncio, Yelena disse:

— Eu realmente não sei onde a Sala Vermelha fica, desculpa.

— Eu sei – Natasha disse. – Mas acho que conheço uma pessoa que sabe.

— Ah, é? – Yelena perguntou. – Quem?

— A gente vai precisar de um jato.

# HUNGRIA

Eu disse que a gente precisava de um *jato* – Natasha disse, saindo de dentro da floresta com Yelena para uma clareira.

Diante dela estava um velho, *velho* helicóptero. Ele, com certeza, já tinha dado o que tinha para dar.

Mason estava em pé na porta do helicóptero, com uma expressão irritada estampada no rosto.

— Ah, é? Mas sabe o que você *não* me deu? – Mason lançou a pergunta retórica. – Tempo. Nem dinheiro. Eu não tenho uma fábrica de jatos.

— Eu pensei que você era o melhor desse negócio. Sabe, um profissional? – Yelena disse, exagerando.

— Ó, perdoe-me, tsarina. O flat de graça e o suprimento vitalício de *kissel* não foram do seu agrado? – Mason retrucou.

Yelena deu uma risada falsa.

— Não deixe ela te provocar – Natasha disse enquanto se aproximava do helicóptero.

— Não, eu fico ofendido sim quando questionam meu profissionalismo – Mason disse.

Enquanto inspecionava o veículo, Natasha disse:

– Assim, você me arrumou um gerador que pifou em seis horas.

– Você também? – Mason disse, sentindo-se atacado. – Trabalho em equipe, é?

– Ah, ele é sensível – Yelena provocou. – Entendi por que você continua com ele.

– Cadê o resto? – Natasha perguntou.

Mason se virou na direção da porta do helicóptero, pegou uma sacola e jogou no chão.

– *Voilà* – ele disse, abrindo a bolsa.

Natasha deu uma olhada, inspecionou o equipamento, e viu alguns trajes de Viúva brancos.

– Olha, você tá perigosamente perto do limite da sua conta – Mason avisou. – Suprimentos eu consigo arranjar, mas, se você chama a atenção das autoridades pra mim, o preço aumenta.

Natasha parou o que estava fazendo e lançou um olhar estranho a Mason.

– Como assim? – ela perguntou.

– Seu colega, o Secretário Ross, tem se metido nos meus negócios a ponto de alguns contatos não atenderem mais minhas ligações. Eu ofereço serviços *privados*.

Natasha deu um leve sorriso.

– Você é sensível.

– Você é uma pessoa muito irritante – Mason retrucou.

– Eu vou te compensar – Natasha disse, levantando a sacola.

– Aham – Mason disse, mas não acreditava de jeito nenhum. – É o que você sempre diz.

Yelena já estava a bordo do helicóptero quando Natasha embarcou.

Mason sacudiu a cabeça resignado e fechou a porta.

– Então, eu tô com o código nuclear – Alexei diz. Ele acabou de vencer mais uma partida de queda de braço.

Sem camisa e com suas várias tatuagens à mostra, o homem barbudo estava sentado na sala lotada da prisão, enquanto fazia outra tatuagem. O homem com a máquina trabalhava nas costas de Alexei enquanto ele contava sua história.

– Mas então ele aparece – Alexei continuou, segurando a mão de mais um desafiante. – O Capitão América.

Alexei grunhiu alto e bateu a mão do outro homem na mesa, uma vitória relâmpago.

– Finalmente! A hora do Guardião Vermelho chegou! – ele disse, o tom de triunfo evidente em sua voz. – Eu agarro o escudo dele, estamos cara a cara, é um teste de força.

Com o próximo adversário sentado diante dele, Alexei começou fingindo ter dificuldade de dominar a partida. Ele fraquejou e, para a grande surpresa do outro homem, Alexei estava realmente perdendo a queda de braço!

– Ah, não! – Alexei disse, dando um olhar patético ao homem antes de sorrir de leve.

Então ele jogou a mão para o outro lado e conseguiu mais uma vitória.

Alexei riu enquanto o homem deixava a mesa.

– Mas então, esse escudo que ele carrega consigo... – ele disse. – Como se fosse um cobertorzinho de bebê, sabe? Eu me aproveito disso, arranco o escudo dele e jogo pela janela. E aí, fujo pra longe dali!

Alexei colocou o cotovelo direito sobre a mesa, pronto para enfrentar o próximo adversário.

O homem sentado do outro lado da mesa disse:

– Em que ano foi isso?

– Sei lá – Alexei respondeu. – Oitenta e três, oitenta e quatro.

– O Capitão América ainda tava congelado nessa época – o homem disse.

– Tá me chamando de mentiroso, Ursa? – Alexei perguntou se aproximando do homem sem piscar – Ãhn?

O homem não disse nada, e o silêncio tomou conta do lugar. Silêncio esse que se quebrou quando Alexei esmagou a mão do outro homem na mesa e quebrou o punho dele.

O som dos alto-falantes interrompeu o jogo de Alexei quando uma voz sem corpo disse, em russo:

– Alexei Shostakov! Correspondência!

Colocando a camisa, Alexei se levantou da mesa e caminhou pela sala cheia de prisioneiros.

A "sala de correspondência" não era o que se espera. Era uma cabine, como as de estacionamento de carro, com uma janela de vidro e uma gaveta metálica na frente, por onde os pacotes e cartas eram entregues. Havia três guardas dentro da cabine.

– O famoso "Guardião Vermelho" – um deles disse, em russo.

Alexei viu que dois dos guardas estavam comendo bolo de uma caixa aberta dentro da cabine.

– Quando for responder – o guarda disse –, diga a seus fãs pra usarem mais manteiga.

– Toma – outro guarda disse ao empurrar a gaveta para fora. Dentro, Alexei viu o de sempre: correspondências abertas, algumas cartas de fãs, e um pacote com uma embalagem de papel quase toda aberta.

Alexei coletou as entregas e as levou a um banco próximo para dar uma olhada. O pacote imediatamente chamou sua atenção, pois ele viu o que parecia ser um boneco do Guardião Vermelho.

Ele examinou o brinquedo em suas mãos, então apertou a estrela em seu peito. Uma fanfarra metalizada de trompete eletrônico tocou. Depois ele puxou uma corda nas costas do boneco, e uma voz abafada disse, em russo: "Guardião Vermelho, avante! O trompete chama!".

Alexei esboçou um breve sorriso, mas então a cabeça do boneco se desencaixou. Ele apanhou a peça e notou que algo estava saindo da parte do pescoço.

Parecia um fone de ouvido.

Certificando-se de que ninguém estava olhando, Alexei encaixou cuidadosamente o dispositivo em seu ouvido.

– Hoje é seu dia de sorte, Alexei – uma voz disse, em inglês. – Vá até a porta na parede sul.

Os olhos de Alexei correram até o outro lado da sala, onde uma porta gradeada se abria.

Deixando de lado o brinquedo, ele se aproximou da cabine.

– Qual o seu problema? – um dos guardas perguntou.

– Não sabe ler? – outro zombou.

Então Alexei atravessou o vidro com um murro, agarrou um dos guardas e o puxou para fora pela janela. Depois ele segurou outro guarda e meteu sua cabeça numa barra de metal.

Do lado de fora do gulag[2], o helicóptero grandalhão voava se arrastando, com Natasha no controle. Yelena estava sentada ao lado da "irmã", segurando um tablet que mostrava as plantas e o layout da prisão.

– Vire à esquerda – Natasha orientou Alexei, examinando a tela. – Só não comece uma cena.

E, dentro da prisão, Alexei ouvia as instruções de Natasha, metade delas, pelo menos. Ele virou à esquerda.

De repente, outra porta gradeada se abriu.

Luzes vermelhas começaram a piscar, e Alexei atravessou a porta correndo, sendo notado pelos outros detentos.

– O Guardião Vermelho está fugindo! – um dos prisioneiros gritou, em russo.

Alexei avançou contra o batalhão de choque da prisão, dando socos para abrir o caminho. Ele se jogou pela porta aberta, conseguindo atravessá-la antes que fechasse.

Então, ele usou o escudo tático de um dos guardas de choque para emperrar a porta.

– Você fez cena, não foi? – Natasha disse pelo comunicador.

Com um chute poderoso, Alexei derrubou a próxima porta e, de repente, estava na área externa, no pátio frio e nevado da prisão. Havia cercas altas de metal em cada lado de um longo caminho.

Correndo do lado de fora, Alexei disse:

– E agora?

– Agora a gente tira você daqui – Natasha disse.

Ao escutar os sons das hélices girando, Alexei olhou para cima e viu o helicóptero pela primeira vez.

---

2   Gulag foi um sistema penal de campos de concentração para qualquer um que se opusesse à União Soviética. (N.E.)

O som dos detentos gritando veio em seguida. Quando Alexei se virou, ele viu seus colegas de prisão correndo na sua direção. Aparentemente eles também estavam aproveitando a oportunidade de escapar.

Nas passarelas acima da prisão, guardas armados tomaram seus postos e abriram fogo contra a multidão abaixo.

– Vá para o nível superior – Natasha ordenou. – Depressa, Super Soldado!

Alexei grunhiu, correu e saltou contra a força da gravidade até uma parede, segurando uma barra metálica. Então mais um pulo o levou até o topo da passarela. Mas antes que Alexei conseguisse se erguer, um guarda chegou com um taser e o pegou desprevenido.

O Super Soldado foi forçado a soltar a passarela e despencou até o chão.

– Ele nunca vai conseguir – Yelena disse.

– Me leva mais pra perto – Natasha disse, enquanto Yelena tomava a direção.

O helicóptero descia quando Natasha abriu a porta. Descendo por uma corda, ela girou no ar e caiu sobre uma passarela na mesma pose sobre a qual Yelena havia brincado recentemente.

– Exibida – Yelena murmurou.

Pegos completamente de surpresa, os guardas não foram páreos para Natasha. Ela os derrubou da passarela com facilidade.

Neste momento, os guardas transferiram sua fúria para o helicóptero e atiraram nele. Yelena se abaixou quando balas acertaram o para-brisa de raspão. Um alarme começou a apitar, e Yelena teve que lutar contra os controles do helicóptero para mantê-lo no ar. O veículo perdeu altitude, até quase se encostar à passarela.

– O que você tá fazendo? – Natasha gritou pelo comunicador. – Tá de brincadeira? Sobe mais!

Yelena fez um sinal positivo da cabine de controle.

– Nós duas estamos fazendo um ótimo trabalho! – ela disse.

O helicóptero continuou a ser alvejado por tiros das metralhadoras enquanto Yelena fazia o seu melhor para seguir as ordens de Natasha.

– Ok – Yelena disse, acionando o piloto automático. – Já chega.

Ela abandonou seu posto na dianteira do helicóptero, pegou um lança-foguetes e mirou em uma das torres de vigia.

A arma foi disparada, e um momento depois a torre explodiu.

– Haha! – Yelena riu antes de retornar ao assento do piloto.

Ela estava bastante satisfeita com o que fez, até o som de um estrondo distante começar a crescer. Ele chamou a atenção de Yelena para as montanhas ao redor do gulag.

– Uau... – Yelena disse quando seus olhos encontraram o topo das montanhas. Os montes de neve guardados ali foram derrubados pelo lança-foguetes, começando uma avalanche.

Uma avalanche que vinha na direção do gulag.

– Esse seria um jeito legal de morrer – Yelena observou.

– Me digam que isso é um bom sinal pra gente! – Alexei berrou pelo seu comunicador.

– Anda logo! – Natasha gritou com ele.

Reunindo suas forças, Alexei pulou sobre alguns guardas, usando-os de degraus para chegar à passarela mais acima.

À medida que a avalanche se aproximava, tanto os prisioneiros quanto os guardas que estavam no chão misturaram-se na tentativa frenética de voltar ao interior seguro da prisão.

– Tira a gente daqui! – Natasha gritou para o helicóptero.

Yelena baixou o helicóptero na direção da passarela. Natasha correu, saltou e se agarrou na corda pela qual tinha descido, ainda pendurada na aeronave.

Erguida rapidamente da passarela, Natasha se segurou firme enquanto Yelena circulava ao redor do gulag para voltar até Alexei.

A avalanche estava alcançando a prisão, ameaçando esmagar todas as coisas e pessoas.

Yelena avistou Alexei em outra passarela.

Natasha, pendurada no helicóptero, também o viu.

A avalanche estava agora atropelando o gulag, uma imensa onda de neve e gelo.

O helicóptero mergulhou, e Natasha estendeu sua mão.

Eles só teriam uma chance.

Alexei ergueu sua mão e, momentos antes de a avalanche o atingir, Natasha puxou o Guardião Vermelho para um lugar seguro.

Yelena levou o helicóptero para o alto. O veículo rangeu, gemeu e protestou, mas funcionou.

– Isso! – Yelena falou para si, talvez um pouco surpresa de o plano realmente ter funcionado.

Um momento depois, Natasha e Alexei estavam dentro do helicóptero.

– Eu preciso de ajuda aqui! – Yelena gritou.

Natasha rapidamente se juntou a ela na cabine de comando enquanto Alexei recuperava o fôlego na parte de trás da aeronave.

– Ah, aquilo foi emocionante – ele disse. – Ah, eu tô tão orgulho de vocês, meninas!

Quando elas não responderam, Alexei notou que ambas usavam fones de ouvido.

– Ah, vocês não conseguem me escutar, né? – Alexei gritou, imaginando que isso resolveria.

Mas não resolveu. Ele procurou e achou um fone com microfone, então o colocou.

De volta à cabine de controle, Alexei se inclinou na direção de Natasha e Yelena.

– Uau – ele disse sorridente.

Sem dizer uma palavra, Yelena deu um murro na cara de Alexei.

Xingando em russo, Alexei cambaleou para trás depois do golpe inesperado.

– Ok – Alexei disse, segurando seu nariz. – Significa muito pra mim que vocês voltaram pra me buscar.

– Não, não – Natasha corrigiu. – Você vai nos dizer como chegar até a Sala Vermelha.

Alexei riu.

– Uau, olha só pra você – ele disse, levemente magoado. – Direto aos negócios.

– Pode ter certeza de que não é um prazer estar aqui – Natasha respondeu.

– A pequena Natasha, completamente doutrinada pela agenda ocidental – Alexei disse em um tom sarcástico.

– Eu escolhi ir pro Ocidente pra me tornar uma Vingadora – Natasha disse, olhando para fora da cabine. – Eles me trataram como família.

– Ah, é? – Alexei perguntou. – Família? Certo, então onde eles estão agora? Cadê essa sua família agora?

Ignorando o comentário de Alexei, Natasha exigiu:

– Me diga onde fica a Sala Vermelha.

– Eu não faço ideia – Alexei disse.

Yelena riu.

Aquilo foi a gota d'água. Natasha tirou os fones de ouvido, levantou-se do seu assento e foi até a parte traseira do helicóptero para se sentar diante de Alexei.

– Fala sério! – ela disse. – Você e o Dreykov eram…

– ... Dreykov?! – Alexei disse levantando a voz. – O general Dreykov, meu amigo, né? Oh, glória... O primeiro e único Super Soldado da União Soviética. Eu podia ter sido mais famoso que o Capitão América.

Natasha revirou os olhos.

– Mas, aí, ele me enterra naquela missão estúpida em Ohio – Alexei continuou. – Três anos! Tão chato que me dava vontade de chorar.

Yelena se virou para encarar Alexei.

– Sem ofensa, ok? – Alexei disse a Yelena enquanto ela deixava de prestar atenção nele.

– Depois ainda me põe na prisão pelo resto da minha vida. Por que, hein? Por que ele me colocou ali... Sabe por quê? Porque talvez eu queira falar da deterioração do Estado. Ou talvez eu não goste do cabelo dele, ou sei lá, e sem querer comente algo sobre isso. Talvez, sabe, eu queira que o Partido pareça um partido unido de verdade em vez dessa organização amargurada. Mas, não...

Natasha ficou sentada em silêncio enquanto Alexei resmungava.

– Em vez disso, ele me põe na prisão pelo resto da minha vida. Só foge e se esconde, ãhn? E nem fui eu, você sabe... – Ele hesitou, apontando para Natasha. – Não fui eu que matei a filha dele.

Alexei encara Natasha.

Yelena disse algo em russo, depois perguntou:

– A gente pode jogar ele pela janela agora?

– Acho melhor esperar alcançar uma altitude maior – Natasha sugeriu.

– Por que vocês não perguntam a Melina onde fica? – Alexei disse, em russo.

– Espera aí, Mãe Melina? – Yelena perguntou.

– A gente pensou que ela tava morta – Natasha disse.

– Pfff – Alexei disse com desdém. – Ninguém mata uma raposa tão ágil assim.

– Eca – Natasha respondeu.

– Que foi? – Alexei questionou. – Ela era a cientista, a estrategista. Eu era o músculo. Ela trabalhou diretamente para o Dreykov, muito mais do que eu.

– Peraí – Natasha disse se inclinando para a frente. – Tá me dizendo que Melina tá trabalhando pra Sala Vermelha até hoje?

– Ela trabalha remotamente, em algum lugar perto de São Petersburgo – Alexei confirmou.

Uma risada seca escapou de Yelena depois que ela olhou para os instrumentos de voo.

– Eu não acho que a gente tem combustível suficiente pra chegar a São Petersburgo – ela disse.

– Não, tá tudo bem. A gente chega – Alexei insistiu.

– Ok – Yelena disse, mesmo sem acreditar.

# CAPÍTULO SEIS

Yelena estava certa em não acreditar em Alexei. O combustível logo acabou e, antes que chegassem ao destino, o helicóptero despencou.

Ele "pousou" no meio de uma clareira coberta de flores roxas e pequenas árvores e arbustos.

Natasha saiu do helicóptero primeiro, seguida por Yelena e Alexei.

Ninguém disse nada.

Então, por fim, Alexei quebrou o silêncio dizendo:

– Você devia ter trazido o superjato dos Vingadores.

Uma expressão de desprezo se formou no rosto de Natasha enquanto ela se afastava do helicóptero fumegante.

Yelena caminhava a seu lado.

– Eu juro que, se ele disser mais uma palavra, eu chuto a cara dele – ela disse.

– Ele é péssimo – Natasha concordou.

– Natasha – Alexei disse lá de trás, fazendo Natasha suspirar.
– Natasha! Natasha! Vem cá, eu quero te perguntar uma coisa.

O primeiro pensamento que cruzou a mente de Natasha foi "eu vou me arrepender disso". E, mesmo assim, ela parou de andar e esperou que Alexei a alcançasse.

– Vem cá, é importante – ele disse.

– O que foi? – Natasha perguntou, impaciente.

– Ele falou de mim pra você? – Alexei perguntou, enquanto caminhava com Natasha.

– Quê? – ela perguntou, confusa.

– Ele falou de mim pra você? – Alexei repetiu. – Você sabe, contando histórias de guerra?

– Ele quem? Do que você tá falando?

– O Capitão América! – Alexei disse, como se fosse óbvio o que ele estava falando. – Meu grande adversário nesse teatro do conflito geopolítico. Não muito minha nêmesis, mais como um contemporâneo, sabe? Um igual. Sempre acreditei que havia bastante respeito mútuo...

– Peraí, você não nos vê faz vinte anos – Natasha disse, parando de caminhar. – E vem me perguntar de *você*?

– Que tanta tensão é essa? – Alexei disse, genuinamente sem entender. – Eu fiz algo errado?

Yelena podia rir daquilo.

– Você tá falando sério? – ela perguntou.

– Eu sempre amei vocês – Alexei disse. – Fiz meu melhor pra garantir que vocês atingissem o máximo do seu potencial, e tudo deu certo.

Natasha não conseguia acreditar no que estava ouvindo.

– Tudo deu certo? – ela disse, incrédula.

– Sim – Alexei proclamou. – Pra vocês? Sim!

Natasha negou com a cabeça.

– Nós completamos nossa missão em Ohio – Alexei explicou. – Yelena, você se tornou a maior criança assassina que o mundo já viu! Ninguém é tão eficiente quanto você, tão brutal.

Ele olhou para Yelena, que não parecia tão convencida da tentativa do "pai" de incentivá-las.

– E Natasha – Alexei continuou, virando-se para sua "filha" mais velha – não somente uma espiã, não só derrubando regimes, destruindo impérios por dentro, mas uma Vingadora.

Então, segurando as mãos de suas filhas, Alexei disse:

– Vocês já mataram tantas pessoas. A lista de vocês deve estar pingando, jorrando vermelho. Eu não poderia estar mais orgulhoso.

Ele apertou suas "filhas" lado a lado em um abraço.

Natasha foi a primeira a se soltar do abraço e saiu dali grunhindo.

Mas Yelena permaneceu no abraço de Alexei por um momento antes de se soltar também.

– Me larga – ela disse, se virando. – Você cheira muito mal.

Do lado de fora de um chiqueiro, Melina olhava o tablet em sua mão enquanto porcos corriam por um labirinto.

– Mais para a direita – ela disse, e o porco pareceu seguir seu comando. – Em frente... direita... mais para a direita...

E então um porco saiu do labirinto.

Melina sorriu para o animal e disse:

– Oh, muito bem, querido.

Ela partiu uma cenoura e deu um pedaço ao porco.

A cena foi interrompida pelo som de um alarme vindo do tablet.

Melina olhou para baixo, tocando na tela. E então se virou, olhando para longe.

Um momento depois, ela abriu o portão do chiqueiro e disse:

– Voltem pra casa onde é seguro. Vamos, andem.

Os porcos obedeceram e se dirigiram até a casa atrás do chiqueiro. Melina foi até outra construção e apanhou um rifle grande.

Caminhando pelo terreno, ela viu algo entre as árvores sobre o arame farpado que cobria uma cerca. Olhando pela mira do rifle, Melina os viu. Um homem com a barba grisalha e duas mulheres de branco.

Baixando a arma, Melina inspirou fundo.

Do outro lado da cerca, Alexei e as duas mulheres olhavam para Melina, ainda segurando o rifle.

– Querida – Alexei disse com uma voz delicada –, chegamos.

Era quase impossível para Melina acreditar que as duas mulheres eram exatamente quem ela pensava serem.

Ela não disse nada ao sair por uma abertura na cerca, passando por Alexei, Natasha e Yelena. Sem dizer uma palavra, Melina continuou andando.

– Vamos, meninas – Alexei disse ao seguir Melina, que os guiava até uma casa pitoresca do outro lado de um campo.

– Sejam bem-vindos à minha humilde residência – Melina disse enquanto todos entravam. – Sintam-se em casa.

Natasha e Yelena observaram atentamente o ambiente caseiro.

– Vamos beber alguma coisa – Melina disse com um suspiro.

Ela abriu um armário na cozinha, depois empurrou levemente as prateleiras para dentro e arrastou a despensa para o lado. Atrás da porta havia um quarto cheio de equipamentos e armas.

– Ei, não invente nada – Natasha disse, alerta.

– Eu estou só *guardando* minha arma – Melina disse enquanto colocava o rifle em uma prateleira.

Natasha, ainda desconfiada, se afastou do esconderijo de armas e foi para a cozinha.

– Tem alguma armadilha por aqui? – Natasha perguntou. – Ou qualquer outra coisa que a gente precise saber?

– Eu não criei minhas meninas para cair em armadilhas – Melina disse.

– Você não criou a gente de jeito nenhum – Natasha disparou.

– Ah, talvez – Melina aceitou. – Mas se vocês amoleceram, não foi culpa minha.

Mais ou menos um minuto depois, Melina tinha servido comida em uma mesa grande, onde Yelena estava esperando. Sentadas à mesa, as três mulheres escutaram Alexei gemendo como se estivesse fazendo um grande esforço.

– Vamos beber – Melina disse enquanto pegava uma garrafa da mesa e servia copos para ela e para as outras.

Pouco depois, uma porta se abriu, e as mulheres escutaram Alexei pigarreando. Elas se viraram e deram de cara com ele usando seu uniforme de Guardião Vermelho.

– Ainda cabe – ele disse, sem vacilar, apesar de estar bem claro, de fato, que não cabia.

Melina assoviou e bateu palmas, fazendo Alexei rir.

– Eu nunca lavei isso, nenhuma vez – Melina disse sobre o uniforme que tinha guardado para ele. – Venha, beba.

Alexei sorriu ao se sentar-se à cabeceira da mesa, retirando o capacete. A cena estranhamente lembrava o dia em que deixaram Ohio.

– Família – ele disse, olhando para as mulheres. – Juntos novamente.

– Considerando que nossa organização familiar era apenas uma armação bem calculada que durou apenas três anos – Melina falou enquanto colocava salada de batata em seu prato –, acho que não podemos mais usar esse termo, podemos?

– Concordo – Natasha disse, pragmática. – Então, vamos fazer o seguinte...

– Ok – Alexei interrompeu, esticando o braço para alcançar um pote de morangos do outro lado da mesa. – Uma reunião, então, né?

Mais uma vez, Natasha disse:

– Então, vamos fazer o seguinte...

– Natasha, sente-se direito – Melina disse como uma ordem.

– Eu tô sentada direito – Natasha contestou.

– Não, não está – Melina disse. – Você vai ficar corcunda.

Alexei segurou o braço de Natasha paternalmente e disse:

– Escute sua mãe.

– Tá bom, já chega – Natasha disse. – Todos vocês.

– Mas eu nem disse nada – Yelena reclamou. – Isso não é justo.

– Nós vamos fazer o seguinte! – Natasha quase gritou.

– Eu não quero comer nada – Yelena disse ao notar que Melina tentava colocar mais comida em seu prato.

– Coma um pouquinho, Yelena, pelo amor de Deus – Melina insistiu.

– Você vai nos dizer qual é a localização da Sala Vermelha – Natasha disse com a voz cheia de frustração.

Melina ainda colocava comida no prato de Yelena quando olhou para Natasha, concordando. Parecia que ia começar a rir.

Então ela se virou para Alexei e disse:

– Sabe, isso lembra quando você contou pra elas que podiam ficar acordadas até tarde pra ver o Papai Noel.

– O quê? – Alexei disse. – Aquilo foi divertido. Sabe como é, "Ele desce a chaminé, meninas. Fiquem de olho, onde ele está?". Vocês esperam por ele e, quando os biscoitos desaparecerem, vão saber que ele esteve lá.

Melina quase caiu na gargalhada de novo.

– Não, não, o que foi? – Alexei disse. – Eu quero que elas sigam os sonhos delas. Sonhem alto, meninas.

– Encontrar Dreykov não é uma fantasia – Natasha disse, mas Melina balançou a cabeça, discordando. – São negócios pendentes.

– Você não pode derrotar um homem que comanda até mesmo a vontade dos outros – Melina apontou. – Você nunca viu o resultado do que nós começamos nos Estados Unidos.

Então, ela olhou para Alexei.

– Nem você.

Melina se levantou da mesa e tocou o ombro de Alexei antes de se afastar.

– Natasha – Alexei disse, gentilmente –, foco, mantenha o foco. Vá atrás daquilo que você quer.

Melina voltou à mesa com seu tablet, ela dava toques na tela.

– Entre – ela mandou.

A porta se abriu, e um porco entrou na casa farejando. O animal foi direto para a sala onde a família se reunia.

– Esse porco abriu a porta? – Natasha perguntou.

– Sim, ele abriu – Melina disse. – Bom garoto, Alexei. Bom garoto.

– Você deu meu nome ao porco? – Alexei perguntou, incrédulo.

– Você não vê a semelhança? – Melina respondeu, brincalhona. – Ele senta que nem um cachorro, tá vendo? Incrível, né? Agora, vejam.

– É meio estranho pra mim – Alexei murmurou.

Ativando o tablet mais uma vez, Melina ordenou

– Pare de respirar.

O porco grunhiu e seguiu o comando de Melina à risca.

– Nós infiltramos o Instituto Norte em Ohio – Melina explicou. – Ele era uma fachada para os cientistas da S.H.I.E.L.D. Na verdade, eram cientistas da Hidra na época. Em conjunção ao projeto Soldado Invernal, eles tinham dissecado e desconstruído o cérebro humano para criar o primeiro e único modelo celular dos gânglios basais. O centro da cognição.

Natasha encarou Melina do outro lado da mesa.

– Controle motor voluntário – Melina continuou –, processos de aprendizagem. Não roubamos armamentos ou tecnologia. Roubamos a chave para o livre arbítrio.

E, com isso, Melina tomou mais um gole.

E o porco, ainda sem respirar, caiu de lado no chão.

– O que você tá fazendo? – Natasha perguntou, alarmada.

– Ah, eu estou explicando que a ciência agora é tão exata, que o sujeito pode até ser instruído a parar de respirar e não tem outra opção a não ser obedecer – Melina afirmou.

– Ok, você já provou seu ponto, já chega! – Natasha exclamou.

– Sim, certo – Melina disse, aparentemente despreocupada. – Bem, não se preocupe, Alexei conseguiria sobreviver mais onze segundos sem oxigênio.

Dando um toque na tela, Melina liberou Alexei, o porco, de sua ordem.

– Bom garoto – Melina disse. – Agora, volte. Volte pra casa onde é seguro.

O porco recuperou o fôlego, ergueu-se e grunhiu. Depois saiu da sala como se nada tivesse acontecido.

– O mundo funciona em um nível superior quando é controlado – Melina disse. – O Dreykov tem agentes controlados quimicamente espalhados por todo o mundo.

– E você sabe em quem eles testam isso? – Yelena perguntou.

– Hmmm – Melina refletiu. – Não, isso não é do meu departamento.

– Ah, fala sério – Alexei disse. – Não minta pra elas. Hum?

– Eu não estou mentindo – Melina respondeu.

– Você é a arquiteta de Dreykov, não é? – Alexei disse.

– E o que você era? – Melina disse, na defensiva. – Se eu era a arquiteta dele, você era o parceiro. Era o parceiro de negócios dele!

– Não, não. Eu era bode expiatório! – Alexei insistiu, batendo na mesa para confirmar seu argumento.

– Não vem com essa – Melina disse.

– Ele me ofereceu ideologia! – Alexei bradou.

Melina e Alexei continuaram a discutir até que Natasha se cansou daquilo.

– Calem a boca! – ela disse, e olhou nos olhos de Alexei. – Você é um idiota.

E então, olhando para Melina, Natasha disse:

– E você é uma covarde. E nossa família nunca foi real, então não tem nada pra se apegar. Vamos seguir em frente.

Alexei não estava engolindo aquilo.

– Nunca foi real, é? – ele grunhiu. – No fundo, eu sou um cara simples. E acho que, pra uns agentes russos disfarçados, a gente fez um ótimo trabalho como pais, hein?

– Sim – Melina disse, continuando de onde Alexei parou. – Nós tínhamos nossas ordens e cumprimos nossos papéis perfeitamente.

Natasha negou com a cabeça, lágrimas em seus olhos.

– Quem liga? Aquilo não foi real.

Finalmente, Yelena falou.

– O quê? – ela disse.

– Aquilo não foi real – Natasha insistiu. – Quem liga?

– Não diz isso – Yelena disse, sua voz presa na garganta. – Por favor, não diz isso. Foi real, sim. Foi real pra mim. Você é minha mãe! Você era minha mãe de verdade! A coisa mais perto disso que eu já tive!

Melina baixou os olhos para a mesa, sem palavras.

– A melhor parte da minha vida foi uma mentira – Yelena disse em meio a lágrimas. – E nenhum de vocês me disse. E esses… agentes que você subjugou quimicamente pelo mundo? Um deles era eu.

Melina olhou para Yelena.

Yelena balançou a cabeça, confirmando, depois disse a Natasha:

– E você? Você escapou. E o Dreykov garantiu que ninguém mais conseguisse. Vai dizer alguma coisa sobre isso?

Natasha a encarou com tristeza nos olhos.

– Não – Yelena terminou.

Natasha só pôde escutar enquanto Melina tocava o ombro de Yelena tentando confortá-la.

– Não me toca – Yelena disse e se levantou da mesa.

– Yelena – Natasha a chamou gentilmente.

– Não – a irmãzinha disse, resoluta.

– Eu não sabia – Melina disse, repreendendo-se.

– Tá tudo bem, tá tudo bem – Alexei respondeu. – Eu vou conversar com ela.

Então ele se levantou e deixou Melina e Natasha sozinhas à mesa.

Alexei abriu a porta do quarto e viu Yelena sentada no chão, com as costas encostadas na cama, e parecendo extremamente infeliz.

Enquanto ele fechava a porta, Yelena disse:

– Eu vim pra cá, porque não queria conversar.

– Ok – Alexei concordou. – Nós, ahn... Nós apenas ficamos sentados.

Então foi até a cama e sentou na ponta, ao lado de Yelena.

– Ficamos apenas sentados.

– Aonde você está indo? – Melina perguntou a Natasha quando ela afastou a cadeira da mesa.

– Resolver isso eu mesma – Natasha disse, indo embora.

– Não vá – Melina avisou. – Você não vai sobreviver.

– Eu queria poder acreditar que você se importa – Natasha disse. – Mas você nem é a primeira mãe que me abandona.

– Não, você não foi abandonada – Melina disse, seguindo Natasha, que tinha ido até a cozinha. – Você foi selecionada por um programa que avaliava o potencial genético de recém-nascidos.

Natasha estava parada diante da porta do arsenal de Melina, mas, ao escutar aquelas palavras, ela se virou lentamente e foi até a mulher.

– Eu fui sequestrada? – Natasha perguntou, chocada.

– Eu acredito que um acordo foi feito, sua família foi compensada – Melina disse. – Mas sua mãe, ela nunca parou de procurar por você. Ela era como você nesse sentido. Ela era persistente.

Lágrimas encheram os olhos de Natasha e ela engoliu em seco.

– O que aconteceu com ela? – ela perguntou.

– O Dreykov ordenou sua execução – Melina confessou. – A existência dela ameaçava expor a Sala Vermelha. Normalmente, as ações de uma civil curiosa não pediriam uma execução, mas, como eu disse, ela era persistente.

Natasha olhou para baixo, sua mente agitada.

– Eu pensei nela todos os dias da minha vida. Mesmo não tendo admitido pra mim mesma, eu pensei.

Melina deu um passo na direção dela.

– Sempre achei melhor não investigar muito o passado – ela sugeriu.

Natasha não disse nada por um momento. Então algo em uma estante próxima lhe chamou atenção. Algo que Natasha reconheceu imediatamente.

Um álbum de fotos. O mesmo álbum que ela queria ter levado da casa em Ohio.

Ela o tirou da estante e disse:

– Por que você guardou isso?

Melina não respondeu.

Abrindo o álbum, Natasha olhou as fotografias. Ela viu fotos dela e de Yelena ainda crianças. Estavam sorrindo, apenas aproveitando o tempo juntas. Como irmãs de verdade. Quase.

Passando as páginas, ela viu fotos dela e de Yelena ao lado de uma árvore de Natal, cheia de presentes na base.

– Eu me lembro desse dia – Natasha disse, tocando uma das fotos com o polegar. – Tiramos as fotos de Natal, Ação de Graças, Páscoa e das férias de verão todas no mesmo dia, usando fundos diferentes.

Melina parou ao lado de Natasha e olhou as fotografias.

– Uhum – ela disse, concordando.

– Eu sabia que aqueles presentes todos eram só caixas vazias debaixo da árvore, mas eu não ligava – Natasha continuou. – Eu queria abrir cada um deles… pra, só por um segundo, sentir que aquilo era real.

– Vamos parar com isso – Melina disse, levando embora o álbum de fotos.

– Por que você tá fazendo isso? – a voz de Natasha exigia uma resposta.

– Por que um camundongo nascido numa gaiola corre naquela rodinha? – Melina respondeu. – Você sabia que eu passei por quatro ciclos da Sala Vermelha antes mesmo de você nascer? Aquelas paredes são tudo o que eu conheço. Eu nunca tive escolha.

Natasha olhou para a outra mulher.

– Mas você não é um camundongo, Melina. Você só nasceu na gaiola, mas isso não é culpa sua.

Melina balançou a cabeça e disse com a voz hesitante:

– Me diz, como foi que você não perdeu seu coração?

Depois de um instante, Natasha disse:

– A dor só nos deixa mais fortes. Não era o que você dizia pra gente? O que você me ensinou me manteve viva.

Os olhos de Melina se encheram de arrependimento.

– Sinto muito, eu já alertei a Sala Vermelha – ela se desculpou. – Elas devem chegar a qualquer momento.

Uma lágrima desceu a bochecha esquerda de Natasha, e ela assentiu.

– Então, lá estou eu, pescando com meu pai – Alexei disse. – É um dia bem frio nessa cabaninha no gelo. Frio até pra Rússia, sabe.

Yelena já tinha dito a Alexei que queria ficar quieta e sozinha, não tinha? E, mesmo assim, ali estava ela, sendo forçada a ouvir o "pai".

– Por favor, para de falar – ela implorou.

– Por favor, espera – Alexei insistiu. – Tem uma razão pra eu te contar isso, ok? Confia em mim.

Yelena cedeu.

– Eu me estico pra pegar peixe – Alexei disse. – Oh, eu perco o equilíbrio! Ah! *Tchibum*! Minhas mãos se molham no rio. Nesse clima, queimadura de frio acontece rápido. Meu pai, ele faz pipi nas minhas mãos.

– Ai, meu Deus – Yelena disse, colocando as mãos no rosto.

– A temperatura da urina é trinta e cinco graus Celsius e afasta a queimadura – Alexei disse.

– Como isso é relevante? – Yelena grita.

– Você sabe – Alexei disse, como se a resposta fosse óbvia. – Pais.

– Não – Yelena disse, nada impressionada. – Não, você não fez nada além de me dizer como estava entediado. Eu era só uma obrigação, a parte do trabalho que você não queria fazer. Mas pra mim? Pra mim você era tudo!

Ela encarou Alexei, que não disse nada.

– Exatamente – Yelena disse. – Você não liga. Você não liga. A única coisa com que você se importa são seus dias de glória como o Dínamo Escarlate, e ninguém quer saber deles.

Após um breve momento de silêncio, Alexei sussurrou:

– É Guardião Vermelho.

– Sai daqui – Yelena disse, firme. Depois com mais força: – Sai *daqui*!

Alexei suspirou e se levantou da cama. Ele deu alguns passos na direção da porta, depois colocou a mão na cabeça.

– *I can't remember if I cried...*[3] – ele disse, pausadamente, balançando a cabeça.

Yelena reconheceu aquelas palavras, apesar de não as ter ouvido há anos.

Eram parte da letra de "American Pie".

Ele continuou recitando, cantando, a letra, e um sorriso se abriu em Yelena.

E, quando ele chegou ao refrão, Yelena já cantava com ele.

Eles não passaram do primeiro refrão, entretanto, por causa dos holofotes.

Holofotes que arderam pelas janelas, pegando Alexei e Yelena completamente de surpresa.

---

3   "Eu não lembro se chorei...", no original, em inglês. (N.E.)

# CAPÍTULO SETE

O avião sobrevoou a casa, o som estrondoso sacudindo tudo dentro dela. Tropas de elite usando óculos de visão noturna e empunhando armas, já no solo, convergiram contra os ocupantes.

– Se abaixa – Alexei disse a Yelena enquanto equipava seu capacete de Guardião Vermelho.

Ele grunhiu para o som e as luzes que vinham pela janela do quarto, incitando os inimigos a atacar. E atacaram.

Um único dardo perfurou a janela, cravando-se pouco à esquerda da estrela no peito de Alexei.

– Haha! – Alexei riu. – Eles acham mesmo...

Antes que conseguisse terminar de se gabar, mais quatorze dardos o acertaram.

Ele imediatamente caiu de costas no chão, inconsciente.

Yelena se inclinou e segurou a mão de Alexei. Depois, ela se levantou, pegou sua arma e escutou enquanto as tropas lá fora se aproximavam, subiam as escadas. Ela abriu a porta do quarto e se afastou, esperando.

Respirando fundo, Yelena atravessou a porta até o outro cômodo. As luzes fortes lá fora atravessavam a janela, e ela caminhava silenciosamente, sua pistola guiando o caminho.

Não tinha ninguém lá dentro.

Ela escutou o som do avião lá fora se aproximar para o pouso.

Se Yelena tivesse conseguido olhar pela janela naquele momento, ela teria visto a figura encapuzada com a máscara de caveira de pé na porta do avião, o interior da aeronave brilhando vermelho atrás dela.

Yelena continuou se movendo pela casa com a pistola na mão. Estava na cozinha agora e traçou seu caminho até o arsenal de Melina.

Lá, descobriu algo chocante. No chão, inconsciente, estava Natasha.

Percebendo movimentos às suas costas, Yelena se levantou e apontou a arma na direção deles.

De pé, diante dela, usando o uniforme preto de uma Viúva, estava Melina.

– Sinto muito – Melina disse. E, então, ela ergueu o braço direito e atirou sua mordida da viúva em Yelena.

A carga elétrica acertou a mais jovem no peito e, nem mesmo um segundo depois, ela se juntou à "irmã" no sono forçado.

Melina ficou na cozinha por um tempo até que o agente da máscara de caveira entrou no cômodo.

– Não vamos deixar ele esperando – Melina disse.

Enquanto os três aviões de tecnologia de ponta voavam pelo céu noturno, pelo menos um dos prisioneiros se remexia.

Alexei, ainda vestindo seu capacete de Guardião Vermelho, abriu os olhos. Ele tentou se orientar, mas era difícil. Com seus olhos ainda se ajustando, ele olhou para a esquerda. Lá, em macas, estavam Natasha e Yelena, ainda inconscientes.

Então, da cabine de comando, Alexei escutou uma voz familiar dizer "Solicito permissão para aterrissagem".

– Entendido – uma voz disse em russo pelo rádio. – Pouso autorizado na baia cinco.

– Melina – Alexei disse, em voz alta.

A mulher que ele conhecia virou-se para ele de seu assento, depois voltou a olhar para os controles.

– Pousaremos em um minuto – Melina disse.

– Então por que a gente ainda tá subindo? – Alexei perguntou.

Ele olhou pela janela e viu algo no meio do céu escuro, escondido entre as nuvens. Parecia uma construção artificial, mas ele não conseguia enxergar direito.

– Agora você sabe como o Dreykov se manteve acima do radar por todos esses anos – Melina confidenciou.

Alexei começava a entender melhor a situação quando um dos soldados a bordo foi até ele e o injetou com um sedativo.

Mais uma vez, o Guardião Vermelho estava inconsciente.

Melina observou a Sala Vermelha da cabine, uma fortaleza móvel imensa flutuando a milhares de quilômetros do solo.

Os três aviões pousaram no deque da Sala Vermelha. Os prisioneiros foram descarregados e levados para dentro.

Melina atravessou um corredor, parando apenas para olhar pela janela de uma porta. Lá dentro, ela viu mais de uma dúzia de mulheres vestidas de preto, cada uma carregando uma arma a seu lado. Eram as Viúvas. Moviam-se em uníssono, praticando posições de ataque.

Como se sentissem sua presença, cada uma delas parou o que fazia e lentamente virou a cabeça para a esquerda, devolvendo os olhares de Melina. As Viúvas baixaram suas armas, e Melina acenou sutilmente para elas.

Assim que Melina foi embora, as Viúvas retomaram o treinamento.

Mais adiante no corredor, Melina parou ao lado de um elevador, onde um guarda estava posicionado, e apertou o botão.

Ao descer do elevador, ela se viu em um escritório com painéis e piso de Madeira, além de grandes janelas feitas por cobogós de vidro. Havia uma mesa vazia.

Melina passou direto, na direção de uma porta que se abriu com um zumbido estridente.

Dentro havia um escritório ainda maior, repleto de candelabros.

– Meu Deus – Dreykov falou para Melina. – Olhe só para você.

Melina desceu um lance de escadas na direção do general.

– Como foi a reunião familiar? – ele perguntou.

– Ah, foi... terrível – ela disse. – Eles estavam muito grudentos, muito emotivos e carentes.

Dreykov riu.

– Como nos velhos tempos, né? – ele disse.

Melina concordou.

– Yelena Belova – Dreykov disse. – O que há de errado com ela? Ela foi a única afetada, certo?

– Até onde eu sei, sim – Melina afirmou.

– Esses gases e antídotos – Dreykov continuou – são um saco. É um problema. Você precisa resolver isso.

– Hmmm... – Melina falou. – Eu tenho nove porcos que vão precisar de cuidados enquanto eu estiver ausente.

– Não ligo pros seus porcos – Dreykov disse, colocando um braço ao redor de Melina e a guiando mais para dentro do cômodo.

Ele a conduziu até uma cadeira e a jogou com força sobre ela. Então Dreykov colocou a palma da mão direita em cima da cabeça de Melina e apertou.

– Corte o cérebro dela fora – ele disse. – Ãhn? Encontre o ponto fraco.

Melina olhou para a sala e, do outro lado, viu a figura de máscara de caveira a observando.

Em outra seção da fortaleza flutuante da Sala Vermelha, Yelena estava agora acordada. Ela estava amarrada a uma mesa cirúrgica enquanto um cirurgião mascarado desenhava em seu rosto com um marcador, indicando as áreas de incisão para a cirurgia.

– Esse é um jeito bem menos legal de morrer – falou sozinha.

Ela podia escutar o cirurgião mais ao lado, checando os instrumentos.

E, então, veio o som de uma serra cirúrgica.

Natasha estava no chão quando acordou ao som dos gemidos de Alexei.

– Alexei – Natasha disse, atordoada.

Os dois eram agora prisioneiros em celas vizinhas. Ambos estavam deitados sobre uma cama, com portas de vidro os impedindo de escapar.

A situação deles não era nada promissora.

– E quanto à Romanoff? – Melina perguntou a Dreykov, que estava apenas a trinta centímetros de seu rosto.

– Ela é uma traidora – Dreykov respondeu. – Virou as costas para as companheiras, para a família. Ela não tinha nada. Eu lhe dei um lar. Dei amor. Coloque aquela coisa nela. Sabe, é... a química. Transforme ela num dos seus porcos.

Melina o escutou, impassiva.

– Você consegue imaginar o que eu poderia fazer com uma Vingadora sob meu controle? – Dreykov refletiu.

– Você não gostaria de falar com ela antes? – Melina questionou.

– Quando você olha nos olhos de uma criança que criou você mesmo, nenhuma máscara no mundo pode esconder isso – Dreykov falou em um tom assustador.

Então levantou a mão esquerda na direção do rosto de Melina.

Ela o impediu que a tocasse, mas cedeu logo em seguida.

Dreykov tocou a face direita de Melina, e uma malha eletrônica começou a brilhar.

Depois, ele puxou o cabelo de "Melina".

Ele saiu, assim como o rosto.

E, olhando para Dreykov, estava Natasha.

– Seja bem-vinda – Dreykov entoou.

Natasha se levantou da cadeira, e a figura de máscara de caveira desembainhou uma arma, que apontou em sua direção.

– Calma, calma – Dreykov disse, sinalizando à figura que abaixasse a arma. – Não destrua meu brinquedinho novo.

– Natasha – Alexei disse, com as mãos pressionadas sobre a porta transparente da cela –, eu não consigo salvar a gente. Preciso que você saiba que eu sinto muito.

Natasha ergueu a cabeça ao escutar a voz de Alexei vindo de uma caixa de som embutida em sua cela.

– Eu dei minha vida a uma causa – Alexei continuou, sua voz soando chorosa. – Sabe, eu pensei que tava sendo corajoso, talvez até o mais corajoso. Mas não era coragem, era covardia.

Alexei fechou os olhos e se debruçou sobre a porta chorando. Devagar, foi escorregando até ficar de joelhos.

– Em Cuba, quando eles vieram e tiraram vocês de mim... Nenhuma causa vale isso – ele disse. – A única coisa pela qual você deve se sacrificar é...

Antes que pudesse completar seu raciocínio, a tampa de vidro deslizou e se abriu, e Alexei pendeu para a frente até seu ombro ficar preso em uma parte não aberta da porta.

Quando finalmente se deu conta de que estava livre, Alexei pegou seu capacete de Guardião Vermelho e se levantou, depois saiu da cela.

– Como você fez isso? – ele perguntou a Natasha, que estava também do lado de fora de sua cela.

– Fui eu quem projetou essas celas – Natasha disse.

Então "Natasha" tocou seu rosto e removeu uma fina malha eletrônica, revelando sua verdadeira identidade: Melina.

– Quê? – Alexei disse, perplexo. – Eu me abri pra você – ele reclamou. – E era *você* esse tempo todo?

– Sim, receio que sim – Melina disse. – Mas espere, shhh, estou com Yelena na escuta.

– Yelena, sou eu, a mamãe.

Yelena escutou a voz de Melina pelo pequeno receptor escondido em sua orelha esquerda.

– Tem uma faca de cinco centímetros escondida na altura do seu cinto – Melina sussurrou.

– O quê? – Yelena disse em voz alta, o que fez um dos cirurgiões olhar na sua direção.

– O que vocês vão fazer comigo? – ela disse com rapidez, olhando para o cirurgião na tentativa de encobrir seu deslize.

O cirurgião não respondeu e voltou a seus preparativos.

– Lado externo do quadril direito – Melina disse pelo comunicador.

Yelena tateou e encontrou uma pequena lâmina exatamente onde Melina disse que estaria.

– Mantenha ela acordada para as incisões cranianas – um cirurgião disse, em russo.

Um dos médicos segurava uma agulha subcutânea e se aproximou de Yelena.

Naquele momento, Yelena usou a faca para cortar as amarras que a prendiam.

Como um flash, ela sentou-se e cortou o médico que estava com a agulha. Ele cambaleou para trás enquanto Yelena terminava de partir as amarras.

Então ela chutou um dos médicos até que ele caísse no chão, mas o outro cirurgião veio pela direita e espetou a agulha no ombro direito dela. Yelena estremeceu de dor, mas antes que o médico pudesse injetar o que quer que fosse que havia na seringa, ela o agarrou com as pernas e o jogou no chão.

Com o impulso, Yelena foi parar no chão também. Ela chutou o médico na cara por garantia e então se levantou. Em seguida, arremessou a faca em um dos médicos que tentou fugir dali.

Com a mão direita, ela retirou a agulha em seu ombro e a colocou na mesa. Ela viu seu colete verde, o apanhou e colocou sobre o traje branco.

– Você não podia ter me avisando mais cedo? – Yelena perguntou pelo comunicador.

– Não venha com birra – Melina respondeu. – Não tive tempo.

– Ok, meninas – Alexei disse, pressionando o dedo na orelha para acionar o comunicador. – Eu tô tendo dificuldade de escutar vocês, mas, Natasha, tem uma coisa que eu preciso dizer a você. Preciso que saiba que eu sinto muito. Sem mais desculpas, tá certo? Eu dei minha vida por uma causa, eu achei que estivesse sendo corajoso.

Alexei respirou fundo e ia começar a falar da covardia quando Melina disse:

– Você não tem fone.

– O quê? – Alexei disse, incrédulo.

– É, ela não pode ouvir você – Melina disse. – Você não tem fone.

– Mas por que não? – Alexei perguntou, desapontado.

– Porque não fazia parte do plano.

– Ah, é? Mas então qual é o plano? – ele demandou.

Melina resumiu rapidamente o plano. Ainda em seu laboratório, enquanto Alexei e Yelena estavam conversando, Natasha e Melina preparam juntas o esquema. As duas trocariam de lugar, e "Melina" entregaria "Natasha", Yelena e Alexei a Dreykov. Uma vez dentro da Sala Vermelha, a verdadeira Natasha ativaria seu rastreador e alertaria, assim, o Secretário Ross de sua localização. Eles encontrariam uma maneira de aterrissar a Sala Vermelha e, na teoria, tudo daria certo desde que Ross e seu time chegassem até a Sala Vermelha.

Além disso, Melina só tinha mais uma escuta, a qual Natasha disse que deveriam dar a Yelena e, portanto, Alexei ficaria *sem*.

– Aonde ele levou os frascos? – Yelena perguntou ao deixar a sala de operações. No caminho, ela pegou um lenço umedecido e limpou as marcas desenhadas em seu rosto pelo cirurgião.

– Provavelmente para o depósito gelado – Melina disse pelo comunicador. – E o Dreykov ainda tem as Viúvas sob controle, então você precisa fazer com que sejam expostas ao antídoto.

– É – Yelena disse enquanto olhava para um corredor branco estéril – Claro. Fácil.

– É esse o seu plano? – Dreykov perguntou.
  – Meu plano é matar você – Natasha respondeu, não exibindo qualquer emoção sequer.
  – Eu tô vivo – Dreykov falou. – Então, o que a gente faz agora?
  – Qual era o nome da minha mãe? – Natasha perguntou.
  O general encarou Natasha por um momento, depois desviou o olhar.
  – Ah… Onde a enterramos havia uma árvore – Dreykov disse. – De flores cor-de-rosa. Linda. E tinha uma lápide com o nome dela gravado.
  Natasha escutava abafando os sentimentos que cresciam dentro dela.
  – Qual era mesmo o nome? – Dreykov continuou.
  Uma pausa, depois um riso.
  – Ah – Dreykov disse. Depois, enfatizando as duas palavras, ele declamou: – Sem registro.
  Natasha balançou a cabeça, contrariada.
  – Você não sente nada. Será que sentiu alguma coisa quando matei sua filha?
  – Esse é o seu passado sombrio te atormentando? – Dreykov perguntou, balançando as mãos na frente dela. – Sério?
  Depois ele riu. Era um som horrível.
  – Obrigado, Natasha – ele disse.

Dreykov se ergueu e caminhou para longe dela, foi até a figura com a máscara de caveira.

Dando tapinhas em sua barriga, Dreykov disse:

– Você me deu a minha maior arma.

Ele se aproximou da figura e disse:

– Diga "oi".

A figura tocou um painel de controle na luva direita e o capacete se abriu. Uma mulher encarava Natasha, seu olhar frio e impassível.

Natasha pensou que havia algo familiar naquele rosto.

– Quando sua bomba explodiu – Dreykov explicou –, quase matou Antonia. Eu precisei botar um chip na nuca dela.

Então, com extrema amargura, ele enfatizou:

– Na *nuca dela*.

Natasha só então começou a compreender o verdadeiro horror de suas ações... E o mal indescritível que Dreykov havia perpetrado depois do ocorrido.

– Olhe para ela – ele disse. – Acha difícil olhar para ela?

Olhando para o rosto de Antonia, Natasha via as cicatrizes por toda extensão lateral, causadas pela explosão.

– Sim – Dreykov disse. – Ela observa tudo. E pode fazer tudo. Uma imitadora perfeita. E ela luta igualzinho a todos os seus amigos.

– Ela pode me escutar? – Natasha falou com a voz não mais do que um sussurro. O lábio de Antonia se contorceu em resposta.

– O que foi? – Dreykov perguntou a meros centímetros da orelha de Natasha. – Você quer fazê-la se sentir melhor? Quer dizer pra ela que sente muito? Bem, você devia ter pensado nisso antes de explodir a cara dela.

Natasha escutou, mas não disse nada.

– Mas já chega – Dreykov disse. – Vá trabalhar. Tem ratos no meu porão. Vá.

Então Antonia recolocou seu capacete e deixou o escritório de Dreykov para cumprir sua tarefa.

E, assim que ela saiu e a porta fechou, Natasha puxou uma pistola e a apontou para Dreykov.

– Você não devia ter feito isso – ela disse.

– Ah, é? – Dreykov questionou.

– Você mandou embora a única coisa que poderia me impedir de te matar.

Dreykov atentou às palavras de Natasha e deu um leve aceno com a cabeça.

– Tente, então – ele disse. – Me mate.

Natasha não tirou os olhos de Dreykov ao tentar apertar o gatilho.

Ela grunhiu, mas nada aconteceu. Seu dedo não conseguia apertar nem um pouquinho. Ela ficou tensa com o esforço que fazia.

– A trava de segurança está acionada? – Dreykov perguntou.

Por mais que ela tentasse, Natasha foi incapaz de atirar, não importava o quanto ela quisesse.

Então Dreykov afastou a arma do seu rosto e a tomou dela com facilidade. Ele a examinou para ver se a trava de segurança estava, de fato, operante. Então disse:

– Não tá, não. – E atirou a arma para cima.

Depois ele sugeriu que ela tentasse a faca.

Natasha obedeceu de bom grado e atacou Dreykov com a lâmina. Mas ela descobriu que só conseguia se aproximar até certo ponto antes de sua mão parar.

Ela não conseguia esfaqueá-lo, também.

– Oh – Dreykov disse enquanto tirava a faca da mão esquerda de Natasha –, você tá encrencada.

– Como você tá me controlando? – Natasha arfou.

– Eu não tô controlando você, Natasha – Dreykov admitiu. – Bem, não ainda. Mas existe uma trava feromônica. Inalar meus feromônios te impede de cometer violência contra mim.

Ele recuou por um momento, depois fez menção de bater no rosto de Natasha com as costas da mão.

Dreykov parou, mas Natasha recuou.

– Estou muito chateado com a Melina – Dreykov disse enquanto se afastava. – Uma pena ter que matá-la.

## CAPÍTULO OITO

– Ora, vamos – Alexei disse quando as portas do elevador se abriram. – Se a gente só vai apertar botões e hackear computadores, então não tem nada pra eu fazer.

Melina olhou para Alexei e abriu um pequeno sorriso.

Mas aí escutou passos vindos do corredor.

– Eu quero quebrar alguma coisa – Alexei disse, sem notar que não estavam sozinhos.

– Ah, é? – Melina disse, olhando sobre o ombro dele. – Na verdade, tem *sim* algo pra você quebrar.

E, quando Alexei se virou, lá estava a figura da máscara de caveira, Antonia, pronta para atacar.

Alexei respondeu com uma risada brincalhona.

Equipando seu capacete de Guardião Vermelho, ele se posicionou para o ataque.

Então Antonia cruzou seus braços e revelou garras nas pontas de seus dedos.

Garras tais quais aquelas do Pantera Negra, rei T'Challa.

– Melina – Alexei disse –, se essa for a última vez que a gente...

Ao se virar, ele viu que Melina já não estava lá. Ele tinha estado tão focado em se preparar para a batalha que não notou quando ela saiu pela porta atrás dele.

Um batalhão de soldados passou pelo corredor, e Yelena os assistiu da grade acima. Quando teve certeza de que não estavam mais ali, ela removeu a grade e caiu até o chão abaixo.

Só para experimentar, ela aterrissou fazendo a pose típica de Natasha.

Levantando-se, ela se contorceu e disse.

– Que coisa ridícula.

Ela correu até a esquina do corredor. Olhando em volta, viu um guarda ao lado do que parecia ser uma parede de metal larga. Havia algumas tampas na parede e um painel de toque entre elas.

O guarda andou um pouco para a frente, depois virou e andou de volta na direção da parede metálica.

Yelena aproveitou a oportunidade para avançar no guarda com força total. Ela laçou o corpo dele e depois lhe deu uma rasteira. O homem ficou inconsciente ao bater no chão.

Arrastando o homem até o painel que controlava a porta, Yelena removeu a luva da mão dele e a pressionou na tela.

Melina desceu uma escada até uma câmara muito gelada. Quando chegou embaixo, foi até um painel de controle. Ela ponderou por um momento e então começou a digitar em um teclado.

Momentos depois, as palavras "SEQUÊNCIA DE POUSO ATIVADA" apareceram na tela.

"Por enquanto, tudo certo", Melina pensou.

– Então, esse era o grande plano, hã? – Dreykov disse.

Ele estava segurando um tablet e assistindo a uma transmissão de vídeo de Melina tentando iniciar o procedimento de aterrissagem da Sala Vermelha.

– Melina ia aterrissar a Sala Vermelha e me entregar para as autoridades.

Com um simples deslizar de seu dedo, Dreykov suspendeu a sequência de pouso.

– Ah, não, não, não – Melina murmurou ao ver a mensagem surgir na tela.

E então a porta de metal da câmara em que ela estava se fechou.

Ela estava presa.

– E agora? – Natasha perguntou. – Você vai me colocar no seu teatro de fantoches patético?

– Patético? – Dreykov repetiu.

– É. Como você descreveria isso?

– Eu o descreveria...

– Qual foi a última vez que você conversou com alguém que não estava sendo forçado a falar com você? – Natasha interrompeu, aproximando-se de Dreykov em sua mesa.

– Você fugiu para lutar a guerra errada – Dreykov disse. – A verdadeira Guerra foi travada aqui, nas sombras.

– Você não lutou nas sombras – Natasha atacou. – Você se escondeu nelas.

– O verdadeiro poder vem da influência indetectável – Dreykov discursou, seu temperamento piorando.

– Se ninguém nota, então por que você faz isso? – Natasha ponderou. – Você não é nada. Você não tem nada.

Dreykov estava fumegante, mas ainda sob controle de si.

– Existem cinquenta pessoas nesse planeta...

– Ah, para com isso – Natasha zombou.

De repente, Dreykov se levantou da cadeira, gritando:

– Não me diga o que fazer!

– Se eu não disser, como você vai saber quando calar a boca?

Dreykov já tinha escutado demais e não conseguia mais controlar suas emoções. Ele acertou Natasha com um murro, o mais forte que pôde.

Natasha encarou o golpe e depois deu um passo para trás. Quando olhou para Dreykov, ela sorria.

– Qual é!? – ela disse. – Acha que não aguento um murro?

– Ah... – Dreykov disse e bateu no rosto de Natasha mais uma vez.

Natasha parou um momento, depois gargalhou.

– Você é fraco – ela disse.

– Fraco? – Dreykov respondeu.

– Aposto que é mais fácil pagar de durão na frente de menininhas indefesas, né?

– Já chega – Dreykov disse ao socar Natasha pela terceira vez.

Ela caiu no chão, mas se virou agachada para sorrir para Dreykov.

Então ele a chutou no rosto.

– Você não estaria tão tagarela se tivesse noção do escopo do que eu construí – Dreykov se gabou. – Eu sou o dono desse mundo. Eu.

– Você parece desesperado pra me impressionar.

– Eu não preciso te impressionar – Dreykov disse enquanto caminhava na direção de sua mesa. – Não preciso impressionar ninguém.

Deslizando a cadeira para fora do caminho, ele disse:

– Esses líderes mundiais, esses grandes homens, eles respondem a mim e a minhas Viúvas.

Deslizando, sem encostar, um anel em seu dedo sobre um painel de controle em sua mesa, Dreykov ativou uma tela virtual diante deles que mostrava o mapa do mundo.

– Olhe para elas – Dreykov disse, enquanto pontos luminosos surgiam em praticamente todos os países do mapa, cada um representando uma Viúva. – Essas meninas eram lixo. Estavam jogadas nas ruas. Eu reciclo o lixo.

Natasha assistiu à tela se encher de dezenas de rostos, cada um pertencente a uma Viúva diferente... a uma garota ou mulher diferente.

– Eu dei a elas um propósito – Dreykov insistiu. – Dei a elas uma vida.

Yelena tinha alcançado a área onde eles estavam guardando os frascos com o antídoto. Ela passou por um armário refrigerado e viu tubos metálicos com uma substância vermelha brilhante dentro.

– Melina, localizei os frascos – ela disse pelo comunicador.

– Eu tive um pequeno contratempo – Melina respondeu, enquanto arrancava da parede uma grade que cobria o duto de ar.– Você precisa ir até as Viúvas.

E, então, Melina rastejou para dentro do duto.

O escudo teria acertado Alexei na cabeça se ele não tivesse conseguido desviá-lo com o braço. Antonia avançou nele e o chutou no peito com os dois pés. A agressora deu uma cambalhota e pousou na posição típica de Natasha.

Ela puxou uma faca e avançou mais uma vez.

Alexei lançou um soco, mas Antonia se esquivou com facilidade. Então ela o atacou com a lâmina, mas o Guardião Vermelho era surpreendentemente rápido e evadiu o golpe.

Até o próximo soco, que o jogou contra a parede.

— A minha rede de Viúvas me ajuda a controlar a balança do poder — Dreykov continuou. — Basta um comando, e os mercados de petróleo e de ações quebram. Um comando, e um quarto do planeta passa fome. Minhas Viúvas podem começar e terminar guerras. Elas podem criar e derrubar reis.

Cenas de devastação global passavam na tela e Natasha finalmente compreendia a extensão da maldade de Dreykov.

— Você controla tudo isso daqui? — ela perguntou.

— E com você, uma Vingadora, sob meu controle — Dreykov disse —, eu posso finalmente sair das sombras usando a única fonte natural que o mundo tem em abundância. Garotas.

Rostos de garotas apareciam rapidamente pela tela diante de Natasha e ilustravam o argumento distorcido de Dreykov.

Devagar, Natasha se virou e encarou Dreykov.

— Tudo isso desse painelzinho — ela disse, olhando para a mesa de Dreykov.

— É — ele disse.

Natasha sorriu, dentes à mostra, enquanto caminhou para perto dele.

— Ah, você acha isso divertido? Por que está sorrindo?

— Não é nada pessoal, mas... obrigada por cooperar — Natasha disse.

O que ela não tinha contado a Dreykov era que Melina a tinha avisado do bloqueio feromônico do general. A única maneira de impedir isso e bloquear os receptores do centro olfativo, Melina tinha explicado, era romper o nervo.

Foi por isso que Natasha provocou Dreykov para que batesse nela várias e várias vezes.

Mas...

– Você não foi forte o suficiente – Natasha disse. – Então eu mesma vou ter que terminar isso.

– O que você vai fazer? – Dreykov riu.

Sem aviso, Natasha meteu a cabeça na mesa de Dreykov.

– Romper o nervo – ela disse.

Dreykov tentou alcançar o tablet de controle, mas era tarde demais. Natasha já estava ali. Ela socou Dreykov, derrubando-o no chão.

As Viúvas na sala de treinamento pararam suas atividades assim que o alarme soou. Elas correram até as paredes e cada uma pegou uma arma.

O guarda já estava alerta enquanto patrulhava a passarela, buscando sinais de perigo.

Infelizmente para ele, o perigo veio de trás.

Antes que o guarda soubesse o que estava acontecendo, Melina chegou. Com um chute, ela o desarmou.

Uma breve disputa ocorreu, terminando com o guarda caído na passarela de metal, inconsciente.

Melina apanhou a arma derrubada e vários guardas a cercaram por todos os lados.

– Ela tem uma arma! – um deles avisou, em russo.

– Melina! – outro gritou. – Melina, pare aí mesmo!

Mas Melina não parou. Ela caminhou lentamente enquanto os guardas vinham pela frente e por trás.

Volta e meia ela olhava para baixo, para o imenso e imponente núcleo, de onde ela tinha saído. Abaixo dele, havia uma enorme hélice giratória, parte essencial de um dos motores que mantinham a Sala Vermelha erguida no céu.

– Pro chão! – um dos guardas ordenou.

– Exatamente o que eu estava pensando – Melina respondeu, em inglês.

Com os braços erguidos como se fosse se render, Melina disparou. O tiro causou uma explosão em alguma estrutura mais acima e choveram destroços em chamas sobre o núcleo.

Os guardas gritaram, lutando para evitar a tragédia iminente. Muitos não tiveram sorte e ou foram atingidos, ou caíram das passarelas.

Os destroços atingiram a hélice abaixo, desabilitando completamente o maquinário. Então as pás pararam de girar de maneira abrupta.

Um pedaço de metal caiu sobre a plataforma no exato momento que Melina atirou seu arpéu. Enquanto ela foi içada para longe, para um lugar seguro mais acima, os guardas que a cercavam despencaram até o núcleo.

– Yelena – Melina disse pelo comunicador, assim que alcançou a segurança de uma passarela superior intocada –, pequena mudança de planos. Eu destruí completamente um dos motores e nós estamos passando por uma queda controlada.

– Fantástico – Yelena respondeu, enquanto toda a Sala Vermelha começou a estremecer, o som de várias explosões ocorrendo ao fundo.

Ela passou correndo por um corredor banhado em luzes de emergência vermelhas.

– Estou a caminho das Viúvas agora – Yelena disse ao se aproximar da sala de treinamento.

Mas, ao abrir a porta, não encontrou ninguém.

– Não... – ela disse antes de arrancar uma carga explosiva de uma das prateleiras de armamento.

Saindo da sala de treinamento, Yelena seguiu correndo por um corredor, na esperança de interceptar as Viúvas antes que elas pudessem atacar sua família.

Uma parede de vidro se quebrou quando Antonia arremessou Alexei bem no meio dela.

Alexei aterrissou no chão gemendo e deslizando.

Enquanto ele rolava para ficar de bruços, Antonia chutou o escudo do chão até sua mão em um movimento que lembrava bastante o Capitão América.

Antonia avançou em Alexei assim que ele ficou de pé e acertou o Guardião Vermelho na cara com o escudo.

E de novo.

E de novo.

Alexei caiu de joelhos, atordoado pelos ataques.

Ele se levantava com dificuldade quando Antonia atirou o escudo e acertou Alexei nas costas. Jogado no chão mais uma vez, Alexei se ergueu usando os braços.

Mas Antonia já estava junto a ele, agarrando suas costas e o puxando para cima. Uma lâmina saiu das costas da mão esquerda de Antonia.

Ela estava prestes a atravessá-lo com ela quando Melina apareceu do nada. Ela pulou em Antonia e prendeu as pernas ao redor da cabeça de sua adversária. Então usou o impulso para jogar Antonia em uma das celas de onde ela e Alexei haviam escapado.

Atordoado, Alexei olhou para cima na direção do painel de controle e o golpeou com a mão.

A porta de vidro se fechou e prendeu Antonia do lado de dentro. Inabalada, Antonia começou a socar a porta repetidas vezes.

– Nós temos que ir – Melina disse, ofegante.

Natasha podia sentir os motores tendo dificuldade de manter a Sala Vermelha voando. Toda a estrutura estava tremendo e os candelabros do escritório de Dreykov balançavam para a frente e para trás perigosamente.

Ela encarou Dreykov, que estava de cara para o chão.

– Não tá tão falante agora, né? – Natasha disse.

E depois o chutou, virando-o para cima.

– Você roubou minha infância. Você tirou minhas escolhas e tentou me quebrar – Natasha disse. – Mas você nunca mais vai fazer isso com ninguém.

Ela colocou a mão na mochila para tirar uma arma e terminar o serviço.

Mas, antes que conseguisse, foi atingida por um gancho de metal afiado e puxada para trás por uma corda.

Ela bateu no chão com força e, ao olhar para cima, as viu.

As Viúvas.

Dreykov aproveitou a brecha para se levantar e cambalear até sua mesa. Ele se desconectou do sistema de computador.

E então, ele disse, friamente:

– Ninguém sai dessa sala até que ela esteja morta. Façam ela sofrer.

Dreykov passou entre as Viúvas ao sair da sala.

– Eu não quero machucar vocês – Natasha disse ao se levantar. – Vocês não querem me machucar.

Ela estava com uma arma de eletrochoque em mãos, a arma que tinha tentado apanhar de sua mochila.

Mas o livre-arbítrio das Viúvas não lhes pertencia.

Elas se adiantaram, dando início ao ataque.

Natasha, na defensiva, balançava sua arma enquanto as Viúvas avançavam.

Apesar de estarem em maior número, Natasha tinha uma vida inteira de experiência, não apenas como Viúva, mas também como agente da S.H.I.E.L.D. e como uma Vingadora. Ela tinha aprendido habilidades e técnicas que as outras simplesmente não tinham.

Separadamente e em conjunto, as Viúvas tentaram derrubar Natasha.

E separadamente e em conjunto, as Viúvas foram derrubadas.

As mordidas de viúva que Natasha lançou nelas garantiram isso.

Foi um borrão de socos, chutes e mordidas de viúva à medida que Natasha se esquivava e atacava.

Por um momento, pareceu que ela venceria.

Mas Natasha estava ficando cansada.

Ela era apenas uma.

As Viúvas eram muitas.

Seus ataques eram tão implacáveis quanto impiedosos.

Chegou um momento em que Natasha caiu exausta no chão. As Viúvas a subjugaram, impedindo-a de atirar mais uma mordida de viúva.

E então uma Viúva estrangulou Natasha e a ergueu. As outras a tinham cercado nesse momento e se aproximavam. Por mais que tentasse, Natasha não conseguia se soltar.

Uma a uma, as Viúvas bombardearam Natasha com golpes.

Quando pareceu que elas tinham vencido, alguma coisa caiu no meio do grupo vindo do alto.

Eram os frascos do antídoto, juntos à carga explosiva.

A carga explodiu, e uma nuvem de gás vermelho envolveu as Viúvas que estavam atacando Natasha.

Quase que imediatamente, as Viúvas se afastaram dela.

Espantada, Natasha tentou se levantar. Na porta, ela viu Yelena.

E, quando ela se virou para olhas as Viúvas, Natasha viu que todas elas tinham uma grande expressão de choque, surpresa e confusão no rosto.

Era como se tivessem acabado de acordar de um século dormindo.

– Ei – Yelena disse ao ajudar Natasha a se levantar. – Você tá bem?

Natasha grunhiu e depois se retraiu de dor quando Yelena pressionou o ombro atingido pelo gancho.

– Isso deve doer – Yelena disse. – Ok, vou puxar no três, certo?

Mas Yelena nem contou, só arrancou o negócio fora.

Natasha gemeu de dor e Yelena disse:

– Foi mal.

Natasha não estava tão certa de que ela estava arrependida, mas aquilo era típico de Yelena.

Então, uma Viúva olhou para Natasha e disse, em finlandês:

– O que fazemos agora?

– Vão para bem longe daqui – Natasha respondeu, em inglês. – Vocês podem escolher o que fazer daqui pra frente.

As Viúvas encararam Natasha e Yelena e acenaram em gratidão.

Então uma nova explosão fez balançar a Sala Vermelha. Com o motor em pane e um incêndio furioso causando ainda mais explosões, a Sala Vermelha estava lentamente descendo até a terra.

– Temos que sair daqui – Natasha disse.

– Precisamos achar o Dreykov – Yelena respondeu enquanto se encaminhava para a porta junto às Viúvas. – Você vem?

– Tô logo atrás de você – Natasha disse, virando-se na direção da mesa de Dreykov.

## CAPÍTULO NOVE

Dreykov estava completamente envolto por um mar de guardas que o levavam apressadamente por um corredor iluminado em vermelho. Só mais alguns minutos e ele estaria fora dali. A salvo. Pronto para reconstruir.

Ele apertou as mãos uma na outra. E então percebeu que faltava algo.

O anel.

O anel que lhe dava acesso aos sistemas da Sala Vermelha.

– Esperem, esperem! – Dreykov disse ao se dar conta de quem deveria tê-lo tomado dele. – Eu preciso voltar!

Mas uma nova explosão fez com que destroços caíssem em cima deles. Os guardas não podiam deixar Dreykov voltar ao seu escritório.

Natasha abriu os controles de Dreykov e ativou o sistema usando o anel que tinha surrupiado do dedo dele durante o confronto.

Depois de se conectar, Natasha copiou as informações de todas as Viúvas em um pen drive. Enquanto esperava a conclusão do download, colocou as mãos em cada lado do nariz quebrado e empurrou o osso, dolorosamente, de volta ao lugar certo.

Uma série de explosões ocorreu, cada uma pior que a anterior. Natasha sabia que a Sala Vermelha não ficaria no ar por muito mais tempo. Se ela e a família ainda estivessem a bordo quando ela chegasse ao chão...

Enfim, a transferência se completou, e Natasha removeu o pen drive. Ao notar alguns frascos intactos do antídoto no chão, ela os apanhou e foi na direção da porta.

Logo em frente à saída, as portas do elevador se abriram, liberando uma onda de fogo, e Natasha correu para fora do caminho em direção à segurança.

O incêndio se espalhou atrás dela enquanto ela corria por um corredor. Natasha sacou suas pistolas e atirou na parede de vidro diretamente à sua frente.

Ela se jogou pela abertura, o vidro se estilhaçando, as chamas lambendo suas costas enquanto ela se lançava para fora da Sala Vermelha e para o ar livre.

À medida que ela caía, choviam destroços flamejantes ao seu redor. Ela conseguiu agarrar uma grade metálica enquanto as explosões balançavam o núcleo da Sala Vermelha.

Balançando-se na grade, Natasha se jogou por uma abertura e correu de volta para dentro para evitar explosões mais abaixo dela.

No convés da Sala Vermelha, jatos estavam decolando.

Melina e Alexei correram pela pista e o Guardião Vermelho usou o escudo de Antonia para se proteger de uma explosão.

Correndo para um jato vazio, Melina foi direto para a cabine de comando e iniciou o procedimento de decolagem.

– Você está vendo as meninas? – Melina perguntou.

Alexei olhou em volta, mas não viu nada.

– Não! – ele gritou de volta.

Mais uma série de explosões ocorreu acima deles e uma imensa parte da estrutura metálica caiu do núcleo da Sala Vermelha.

Alexei viu guardas armados correndo na direção do jato deles.

A Sala Vermelha inteira estremeceu, e a pista começou a implodir. Alexei rolou dentro do jato quando ele caiu da beira da pista que se desmoronava.

Melina aplicou mais pressão nos controles à medida que o jato aumentava a velocidade, puxando o manche o mais forte que conseguiu.

Eles foram pegos por uma bola de fogo desenfreada e começaram a cair em linha reta, o chão se aproximava rapidamente.

Por fim, Melina conseguiu retomar o controle do jato e voou para fora da bola de fogo.

– Precisamos voltar – ela disse.

E, enquanto fazia a volta em direção à Sala Vermelha, Melina viu os guardas caindo pelo ar. Mesmo na morte, eles não se rendiam e continuaram a disparar suas armas contra ela.

Um deles caiu com força na cabine de comando e tentou atirar em Melina.

Alexei atirou o escudo através do vidro da cabine, acertando o guarda e o lançando voando do jato.

Mas o guarda bateu na cauda do jato durante a queda e a quebrou. Então, o jato entrou em parafuso.

– Perdemos o controle! – Melina gritou.

Natasha disparou pelo corredor enquanto vidros explodiam por todos os lados. Outra explosão a derrubou no chão e ele desabou, fazendo Natasha cair no andar inferior.

E quando se levantou, ela a viu dentro da cela.

– Antonia – Natasha disse, recuperando o fôlego.

Natasha fez menção de tocar a porta, e Antonia esmurrou o vidro.

– *Não* – Natasha disse. – Eu vou abrir a porta. E você vai vir atrás de mim. Tá tudo bem, tá tudo bem. Eu sei que você ainda tá aí. E eu não vou te abandonar, ok?

E então Natasha acionou o teclado numérico, e a porta deslizou até se abrir.

Afastando-se da porta, Natasha observou Antonia sair lentamente da cela.

Como sempre, Antonia também observava.

Antonia tentou atacar Natasha no mesmo instante em que uma explosão as jogou para longe uma da outra.

A Sala Vermelha estava se inclinando, e Natasha deslizou pelo chão, na direção do céu aberto, mais abaixo. Estendendo as mãos até sua mochila, Natasha alcançou duas armas em forma de gancho, virou-se no chão e as enterrou no chão de metal.

Ela continuou deslizando, mas os ganchos pareceram retardar a queda. E, quando o piso finalmente acabou debaixo dela, e ela foi jogada pelos ares, os ganchos permaneceram firmes. Natasha estava agora pendurada na Sala Vermelha enquanto ela desmoronava ao seu redor.

No convés da Sala Vermelha, os guardas tinham conseguido, de alguma forma, trazer Dreykov até um dos jatos restantes.

Eles o empurraram para dentro e Dreykov se virou na porta, vendo Yelena correr na pista, com explosões a seguindo logo atrás.

Natasha olhou para baixo enquanto os destroços da Sala Vermelha caíam ao seu redor. Ela estava se segurando a apenas um gancho agora, com uma mão só.

A estrutura despencava na direção da pista.

Se ela calculasse direito, poderia pular imediatamente antes de a estrutura colidir com a pista e pousar em segurança.

E foi isso que ela fez.

Mais adiante, ela conseguia ver Yelena correndo na direção do jato em que estava Dreykov.

Yelena atirou o arpéu de sua luva. Ele se prendeu ao topo do jato e puxou Yelena para cima da aeronave.

Ela correu até um dos motores de decolagem vertical do jato e observou as turbinas girando. Então ela tirou da bolsa as duas partes de seu bastão e as uniu.

– Yelena! – Natasha gritou enquanto corria na direção do jato.

Do lado de dentro, pela porta aberta, Dreykov olhou para cima.

– Ela está na asa! – ele gritou. – Se mexam! O que estão esperando?!

– Não faça isso! – Natasha berrou ao ver Yelena parada no topo do jato, posicionada com o bastão logo acima do motor direito.

– Isso foi divertido! – Yelena gritou de volta.

– Não! – Natasha gritou aterrorizada.

Então Yelena levou o bastão até a turbina.

A explosão resultante arremessou Yelena para fora do jato e para o ar.

O jato caiu da pista, coberto por chamas, e depois explodiu, junto com todos lá dentro, incluindo Dreykov.

Natasha atravessou a pista correndo e apanhou um paraquedas que viu largado no caminho. Sem hesitar, ela se jogou da beirada. Ela podia ver Yelena caindo mais abaixo e estava determinada a salvá-la.

À medida que os escombros despencavam ao seu redor, Natasha movia seu corpo para tentar navegar as correntes de ar na direção da irmã. O caminho a levou até os destroços de um jato que também caíam.

Girando seu corpo, Natasha conseguiu evitar bater de cara com a fuselagem. Em vez disso, ela passou pelo meio da porta aberta do jato, entrou de um lado e saiu pelo outro.

Yelena piscou seus olhos, recuperando-se da explosão. Ela sentiu seu corpo acelerando em queda livre. E, quando olhou para cima, viu os restos da Sala Vermelha passarem rapidamente por ela; Natasha estava entre eles.

E, quando deu por si, Natasha a atropelou e a segurou com força.

Natasha colocou a mochila de paraquedas em Yelena e apertou as amarras. E então o acionou. Imediatamente, ambas as mulheres foram puxadas de volta para cima, sua descida desacelerou. As duas se entreolharam por um momento, até que Natasha notou algo pelo canto do olho.

Algo que estava se aproximando.

Antonia.

Natasha voltou sua atenção novamente a Yelena. E, quando ela estava prestes a dizer algo, empurrou a irmã para longe, soltando-a. Yelena continuou a descer de paraquedas, enquanto Natasha mergulhou de cabeça. Antonia estava se aproximando e empunhava uma espada.

Natasha aterrissou em uma grande laje metálica e Antonia fez o mesmo. Elas se defrontaram brevemente, até Antonia colidir com Natasha, e as duas tombarem de volta aos ares, caindo.

Girando de ponta a ponta, elas atravessaram outra seção partida da Sala Vermelha, estilhaçando uma janela de vidro. No último segundo, Antonia ativou um paraquedas oculto que a puxou para cima, com Natasha ainda se segurando nela. Elas trocaram socos enquanto desciam até pousar abruptamente no chão.

O paraquedas carregou Antonia um pouco para longe de Natasha antes que ela conseguisse se soltar. Mais uma vez, as duas guerreiras estavam de frente uma para a outra.

– Ok – Natasha disse enquanto Antonia ia em sua direção. – Vamos nessa.

Antonia desembainhou a espada e avançou. Natasha segurou o punho da lâmina da adversária, impedindo o ataque. Elas disputaram e Natasha tomou a espada chutando Antonia no peito. Natasha deu um salto para trás, pousou e apontou a arma para Antonia ao vê-la avançar.

Mas então Natasha levantou ambas as mãos, apontando a lâmina para o alto.

– Já chega – ela disse.

Natasha largou a espada na terra.

Antonia levou as mãos até ela e agarrou seu pescoço. Então apertou.

Natasha ergueu o braço direito e o jogou para baixo, libertando-se do golpe.

Girando ao redor de sua oponente, Natasha pousou nas costas de Antonia e agarrou seu braço direito. Abrindo os controles em sua manopla, Natasha atirou Antonia ao chão, retirando seu capacete.

Natasha olhou para Antonia e depois viu um dos frascos vermelhos que ela havia tirado do escritório de Dreykov, agora caído na sujeira.

Com um olhar fervoroso de ódio guardado em seus olhos, Antonia rastejou em direção a Natasha, que deu um mortal na direção do frasco. E ao pousar, bem na frente dele, Natasha o esmagou com o punho.

A nuvem vermelha envolveu Antonia à medida que as duas mulheres se aproximaram, ficando cara a cara. Por um momento, elas pressionaram a testa uma contra a outra, antes de cair de novo no chão.

Ao recuperar o fôlego, Natasha se arrastou até Antonia.

– Sinto muito – ela chorava.

– Ele se foi? – Antonia perguntou, sua voz apenas um sussurro.

Natasha colou sua testa na de Antonia mais uma vez e assentiu.

– Ele se foi.

Ficando de pé, Natasha assistiu enquanto as partes maiores e mais preservadas da Sala Vermelha caíam ao chão, um pouco distantes.

Com a ameaça imediata resolvida, Natasha agora procurava por sua família.

– Yelena! – ela gritou enquanto procurava pelos escombros em chamas.

E então ela viu o paraquedas da irmã enrolado a um pedaço de metal. Yelena estava deitada com as costas no chão.

Natasha correu até ela, ajoelhou-se e se aproximou de sua testa.

– Yelena? – ela perguntou delicadamente.

Os olhos de Yelena se abriram.

– A gente tá de cabeça pra baixo – ela disse com um leve tom de divertimento.

A expressão de Natasha se abriu em um largo sorriso.

Yelena se sentou e Natasha a ajudou a se virar para que pudesse olhá-la nos olhos. Em russo, ela disse:

– Desculpa, irmãzinha.

E, então, em inglês:

– Eu devia ter voltado por você.

– Você não precisa dizer isso – Yelena respondeu. – Tá tudo bem.

– Ei – Natasha interrompeu –, foi real pra mim também.

As irmãs se entreolharam, Natasha segurava Yelena com força. Elas permaneceram com as testas encostadas por um longo momento e então se abraçaram.

– Obrigada – Yelena disse.

Natasha escutou um gemido e, ao olhar, viu Alexei ajudar uma Melina machucada a vir na direção delas.

– Estão todos bem? – Natasha perguntou.

– Estou claramente ferida – Melina disse, pragmática.

– Você tem algo a dizer? – Natasha disse, olhando para Alexei.

– Eu ia falar bobagem – Alexei respondeu.

Então ele estendeu a mão para Natasha.

Ela a segurou na sua.

Acontece que Alexei não *precisava* dizer nada. Natasha sabia exatamente como ele se sentia. E para sua própria surpresa, ela sentia o mesmo.

O momento foi interrompido pelo som de veículos se aproximando.

– Lá vem a cavalaria – Natasha brincou.

A caravana de automóveis atravessava uma estrada empoeirada na direção do imenso campo coberto pelos destroços em chamas.

De seu carro, o Secretário Ross ouviu uma voz dizer pelo comunicador:

– Estamos nos aproximando do alvo, senhor.

– Qual é o plano agora? – Melina perguntou.

– Vocês vão – Natasha disse. – Eu vou ficar.

– Isso é loucura – Alexei retrucou. – Vamos lutar. Vamos lutar com você.

Mas Natasha não estava dando atenção.

– Eu seguro eles.

– Natasha, a gente vai lutar! – Alexei insistiu.

– Não podemos nos separar! – Melina acrescentou. – Você é tão teimosa.

– Ei, vocês, vão embora – Natasha disse. – Além disso, se deu certo pra nós quatro, sabe, talvez ainda haja esperança pros Vingadores.

Ela aproximou o polegar do dedo indicador da mão esquerda.

– Só um pouquinho – ela brincou.

– Ok – Yelena disse. – Mas bem, já que você tá indo embora, acho que devia levar isso, então.

Yelena desabotoou e abriu o zíper de seu colete verde.

— Eu sei o quanto você gosta dele — Yelena disse enquanto entregava a peça de roupa a Natasha.

— Acertou — Natasha disse, dando uma risadinha enquanto recebia o colete. — Ele realmente tem muitos bolsos.

— Bolsos muito úteis, é — Yelena disse, sorrindo.

E então a expressão de Natasha ficou séria.

— Ele tinha Viúvas infiltradas pelo mundo todo — ela disse e entregou os frascos de antídoto restantes a Yelena. Então continuou: — Melina vai precisar copiar a fórmula, mas é você que precisa dizer a elas que acabou.

A família foi interrompida por outro som, esse vindo de um jato da Sala Vermelha que aterrissou não muito longe.

Quando a porta se abriu, um grupo de Viúvas desembarcou. Yelena atravessou o campo para se encontrar com elas.

— Vocês voltaram por nós — Yelena disse, com surpresa na voz.

— Nós não podíamos deixar vocês para trás — disse uma das Viúvas, em russo.

— Obrigada — Yelena declarou ao tomar na dela a mão de uma Viúva.

Melina se virou para Natasha, mancando um pouco para proteger a perna machucada.

— Ei, cuide-se, ok? — Melina disse em um tom maternal e segurou a mão de Natasha.

— Relaxa, eu sei me cuidar — Natasha respondeu.

— Eu sei — Melina disse.

Elas soltaram o aperto de mão, e Natasha sorriu para a sua mãe. Natasha observou quando uma das Viúvas foi até Antonia e se ajoelhou ao lado dela.

— Não se preocupe — Melina disse. — Nós vamos levá-la conosco.

Alexei ajudou Melina a chegar ao jato enquanto as Viúvas cuidavam de Antonia.

Então Natasha ouviu um assovio familiar. Ela olhou na direção do jato, para Yelena, e sorriu.

Natasha assoviou de volta.

Yelena, Melina e o Guardião Vermelho embarcaram no jato com as Viúvas. E, enquanto Natasha via o jato decolar, a caravana de Ross chegou.

## DUAS SEMANAS DEPOIS

Natasha dirigia uma motocicleta por uma rua solitária, margeada por árvores. E, quando chegou ao seu destino, ela parou a moto e tirou seu capacete.

Seu cabelo estava loiro agora, e mais curto, acima do ombro, e ela usava um colete verde. O colete de sua irmã.

Um homem dormia na beira da entrada, usando sua mochila de travesseiro. Mason. Ela chutou o sapato de Mason e ele se remexeu.

– Por acaso você só dorme? – Natasha pergunta.

– Eu passei por seis fusos horários diferentes em três dias por sua causa – Mason reclamou enquanto ficava de pé.

– É sério? – Natasha disse.

– É – Mason respondeu.

– Por quê? Tava juntando peças usadas? – Natasha provocou. – O que você tem pra mim dessa vez, um cortador de grama invertido?

Enquanto eles caminhavam por um campo, Mason apontou para algo ao longe.

Lá, em toda sua glória, estava o jato dos Vingadores.

– Tá vendo o que eu consigo fazer com um pouco de tempo e dinheiro? – Mason disse, orgulhoso.

Natasha se virou para ele com um sorriso enorme no rosto.

– Vamos, diga – Mason continuou. – Eu quero ouvir. Me faria muito bem. É sério.

– Estou impressionada – Natasha disse, e com sinceridade. – Você sempre foi um ótimo amigo pra mim.

– É o que todo homem quer escutar – Mason disse. – Pra onde você vai?

– É engraçado – Natasha disse. – Toda minha vida eu pensei que não tinha família nenhuma. Mas na verdade tenho duas, então… uma delas tá uma bagunça no momento. Vou ajudar uma parte a escapar da prisão e ver se consigo ajudar a consertar as coisas.

Natasha acenou para Mason antes de seguir para o jato, em direção a um futuro incerto.

# EPÍLOGO

Uma picape velha atravessou uma estrada de terra margeada por árvores. Assim que o veículo parou, Yelena desceu do banco do motorista e chamou sua cadela, Fanny, para que a seguisse.

Yelena caminhou por um caminho de grama até chegar a um cemitério debaixo de um arvoredo. Aproximando-se de uma das lápides, seus lábios se contorceram e seus olhos se encheram de lágrimas. Ela se inclinou e reorganizou algumas das fotos e flores que foram deixadas diante da pedra estampada com o famoso símbolo da Viúva Negra e com os nomes dados a sua irmã: Natasha Romanoff, filha, irmã, Vingadora.

Yelena se ajoelhou ao lado da pedra e apoiou sua testa ao cimento antes de assoviar a melodia que compartilhavam.

Ela se moveu para ficar diante do local de descanso de Natasha e o encarou em silêncio, até que uma mulher com uma mexa roxa em seu cabelo escuro assoou o nariz muito alto.

– Uau, foi mal – a mulher disse, fungando. – Eu sou alérgica ao Meio-Oeste. – Ela examinou o memorial enquanto Yelena olhava reto para a frente. – O que essa mulher fez... – ela continuou. – Honestamente, eu não consigo nem imaginar.

– Você não devia estar me importunando durante minhas férias, Valentina – Yelena advertiu.

– Importunando? Ah, não, não, não – Valentina disse, balançando a cabeça. – Só estou aqui apresentando minhas condolências.

– Sabe, vir até aqui faz você parecer desesperada – Yelena disse quando finalmente se virou para olhar sua visita.

Valentina riu.

– Ok – ela disse sarcasticamente.

– Eu quero um aumento – Yelena disse, firme.

– Ah, é? Eu também quero – Valentina respondeu. – Acredite, você vai conseguir um.

Valentina pescou um tablet de sua bolsa.

– E eu tenho seu próximo alvo. Pensei que seria bom entregar em mãos. – Ela abriu a capa do tablet e o mostrou a Yelena – Talvez você queira se encarregar do homem responsável pela morte da sua irmã.

No tablet, Yelena viu o rosto de seu alvo: o Gavião Arqueiro. Clint Barton. O melhor amigo de Natasha.

– Ele é um gatinho, não acha? – Valentina perguntou, com um sorriso manipulativo nos lábios.

Yelena a encarou antes de voltar a olhar para a foto e refletir sobre os seus próximos passos.

**SIGA NAS REDES SOCIAIS:**

◉ @editoraexcelsior
❶ @editoraexcelsior
◉ @edexcelsior
◉ @editoraexcelsior

editoraexcelsior.com.br